もくじ

河合隼雄　物語とたましい

ただ座っていること

大学を卒業したときには、高校の教師になることが念願であった。奈良の育英学園に勤めることになり勇躍《ゆうやく》して数学の教師となった。教師というものは自分自身も何かを学んでいないと堕落してしまうという先輩の忠告に従い、教育の実際に役立つということもあって、京都大学の大学院（旧制）で臨床心理学を学びながら、教壇に立つことになった。

ともかく一生、高校の教師をやろうと決心していたので、嬉《うれ》しくてたまらず実に熱心に教師の仕事をした。幸いにも「業者テスト」などというものがなかったので、生徒に与える教材やテストなどに工夫をこらし、ガリ版[1]切りに精を出した。クラブ活動もというので、下手をかえりみずテニスや人形劇や、まるで自分もクラブの一員のように張り切って参加した。それと同時にやはり大学院のために勉強もしなくてはならない。服を着たままで机にもたれて寝こんでしまうこともよくあった。「新聞を読んでる暇がない」と思ったことを今も覚えている。

教えることに夢中になり相当なエネルギーを使ったものだが、一年経《た》ってみると、そのようにして必死に教えたからといって、私の教えるクラスの生徒が特別に数学がよくできるようになったわけでもなかった。ここが教育というものの面白いところである。若い教師の熱意がどこかでカラまわりをしているのである。

そんなときにスタニスラフスキー(2)の『俳優修業』(山田肇訳、未来社)を読んだ。これは学園祭に同僚の教師と共に演劇をしたことも関係しているが、教師と俳優は似たところが多いとかねがね考えていたので、よき教師になるためのヒントが得られないかと読んでみたのである。「舞台」に立って「観客」に何かを伝えねばならないという点で、教師と俳優は似たところがある。この書物を読んで印象に残ったのに、次のようなことがある。

俳優志願の生徒に教師である演出家がいろいろと課題を与えるが、「舞台で、ただいすに腰かけているだけ」というのが一番難しい。「恋人を待ちあぐねている」などと言われるとやりやすいが、「ただ座っているだけ」というのは、そわそわしてしまってやれない。ところが演出家がやってみようと舞台のいすに座ると、確かにそれは「ただ座っている」という姿がピタリと決まっていて、生徒たちは感嘆する。

「何もしないことが一番難しい」。このことは教師としての私に強いインパクトを与えた。あれも教えようこれも教えよう、と動きまわっているよりも、教師は「ただ座っているだけ」の方がはるかに教育的なのではなかろうか。教師のピタリと安定して座っている姿を支えに、生徒たちが自主的に動き出し、自分の力で学びはじめるのである。しかし、実際にやってみるとこれは実に難しい。舞台の上で、ただ座ってだけいるのと同じくらい大変なのである。

もちろん、他人と関係なく座っているのだったら誰でもできるかも知れない。観客との関連のなかでするから難しいのだ。それと同様に、教師も生徒と関連をもち、生徒の動きを見ていながら、自分の内面では大いに心をはたらかせつつ、「ただ座っているだけ」だからこそ生徒の自主的な活動が生じてくるのである。

実は心理療法家の読むべき書物について、ある雑誌に連載をしており、今回『俳優修業』を取りあげ読みかえしているうちに、昔のことを思い出した。教師でも親でも子どもに対して、すぐに口や手を出したいときに、「ただ座って」見ているだけというのは、大変に教育的であるが、実行は難しい。私もこのことを理想として、だいぶ長い年月を過ごしてきたが、まだなかなかその境地には至らないようである。

（一九九二年 六四歳）

遠くを眺《なが》める

最近、目の疲労のために視力が衰える人が多いようである。その回復のため、空気の澄んだ所で、遠くをながめるといいことは、皆さんご存じのとおりである。実際に、ハイキングなどに行って、遠くを眺めていると、目の疲労がとれるだけではなく、心の方もそれまでの汚れがおちてゆくような気さえするのである。

「遠くを眺める」ことは、心の健康にも随分《ずいぶん》といいことである。「遠く」というときに、山や雲を見るだけではなく、「外国」の方まで眺めてみてはどうだろう。ベルリンの壁なんか、どうであろうか。「絶対に壊れない」と思っていた壁が、あれよあれよと思う間に壊れてしまった。とすると、私とA氏との間に存在する強力な「壁」も案外取り去られるかもしれぬ。あの嫁と姑《しゅうとめ》との間は「絶対につながらない」などと思っているが、それも案外どうなるか分からない。

われわれは「絶対にダメ」と決めつけることによって多くの可能性を奪っていないだろうか。希望することによってこそ可能性も生まれてくるのだ。外国のことを眺めているうちに、案外希望がわいてくることがある。あるいは不必要ないがみ合いが消えてゆくときもある。あるいは、思いがけない解決のヒントが見えることもある。

「遠くを眺める」ことの一つとして、十年先を眺めてみるとどうだろうか。現代では十年先のことを予見することはなかなか困難である。しかし、そんなに難しい予見などと言わなくとも、ただ「十年後はどうかな」と思ってみるだけでも、われわれの生き方は少し違ってくるのではなかろうか。今、カンカンになってけんかをしている相手が、十年どころか四年後には定年でやめ、再就職で苦労しているだろうなと思うだけで、けんかの仕方も少しは変わることだろう。

人間は苦しい状況に追い込まれると、もう耐え切れないと思い、ひどく悲観的になってしまったり、焦《あせ》ってきて、しなくともいいことをしでかしたりするものだが、そんなときに、十年後はどうなっているだろう、こんな馬鹿《ばか》げたことが十年も、というよりは、五年も続くはずはないだろう、などと思ってくると、少しゆとりが出てきて、判断も確かになってくる。「遠くを見る」のが好きな人は、山を見るよりは、星を見るかもしれない。星の世界は実に遠い。気が遠くなるほどの遠さだ。光が届くのにさえ何億年もかかるというのだから、宇宙の話を聞くと、こちらの心も少しは広がってくる。あまり細かいことをコセコセ言う気もなくなるだろう。

ところで、「遠くを見る」と言っても、一つ思い切って、「死後の世界」を見てはどうであろう。こうなると、あるのかないのかさえ分からないが、一応あるとして考えてみることにしよう。最近死んだ友人は、今ごろどこで何をしているだろう。死後の世界から、自分の父親が今も見ているとするとどうだろう。「この世」の人をだますのは割に簡単だが、死んだ人はだませるのだろうか。もしだませなくて、彼らが自分の行動をちゃんと見ているとするとどうなるだろう。自分も死んだ後に彼らに会うとして、そのときにどんな話し合いをすればいいだろう。

どうもこうなってくるとうれしいことばかりではなくて、大分《だいぶ》苦しいことも出てくる。しかし、実のところ、心の健康などというものは、苦しみ抜きで保たれるはずはないのだから仕方がない。要するに、その苦しみがどのような種類で、どのように体験されるかが問題なのである。

「死後の世界」など馬鹿くさい、と思う人は、自分の心の中を眺めて、遠くを見るとどうだろう。自分の心なのだから、自分が一番よく知っているなどと思っている人でも、遠くの方を見ると、案外今まで自分でも気がつかなかった人や動物などが、自分の心の中に住んでいるのが見えてくるのではなかろうか。物陰に隠れている人物が、ひょっとして、盗人であったり殺人鬼であったり、ということもあるかも知れない。あるいは、逆に、もっと素晴らしい可能性をもった人物が住んでいるかも知れない。

現代の社会は――特に日本は――忙し過ぎる。一分一秒を争うことに人々は力を注ぎ過ぎて、大切なことを忘れてしまっていることが多いように思われる。いつもいつも「遠くを見る」ことばかりやってたら、足元の危険にやられてしまうから、それほど常にというのではないが、目の疲労を休める程度には、時々「遠くを眺める」ことが必要と思われる。それによって、人生が少し豊かになるのではなかろうか。

（一九九〇年　六二歳）

人生の味

ものが豊かになった。子どものころをふり返ってみると、食事がぜいたくになったことに驚いてしまう。私が子どもだったころは、ライスカレー、親子丼、すしなどは大変な御馳走《ごちそう》であった。こんなのを昼食に食べることなど考えもつかなかった。田舎《いなか》に育ったので、ハムと称するものをひと切れ食べて、何とうまいものかと感激したことなど忘れることができない。

現在はまさに飽食《ほうしょく》の時代である。世界中の珍味《ちんみ》、美味が町中にあふれていると言っていいだろう。「グルメ」志向の人たちが、あちらこちらのレストランをまわって味比べをしている。昔の父親は妻子に「不自由なく食わせてやっている」というだけで威張《いば》っていたものだが、今ではそれだけでは父親の役割を果たしている、とは言えなくなってきた。

こんなわけで、日本中のすべての人たちがおいしいものを食べているのかと思うが、事実はそうでもないらしい。つぎのような印象的な話を聞いた。ユニークな学校の先生方との対話を「飛ぶ教室」[1]という雑誌に連載しているが、その最新号（49号）で、不登校の子どもの全寮制高等学校「生野《いくの》学園」の村山実校長先生と対話した。そのときに、村山先生がそこの生徒は食物の味のわからない子が多いと言われる。経済状態は豊かでも「食生活は貧困《ひんこん》です」とのことである。

ここで食生活が貧困だと言うのは、栄養が悪いという意味ではない。心のこもった味わいのある食事を食べる機会が少ない、ということなのである。つまり、親として栄養には心がけているにしても、微妙な味のために、心を使う、時間を使うということがなされていない。もちろんレストランに連れて行ってもらったりもしているのだが、いうなればこれぞ「わが家の味」というような味わいを体験していないのである。

そこで、村山校長先生が考えられたことは、この子どもたちの教育には厨房《ちゅうぼう》係の人が非常に大切だということであった。先生は適任と思える人を探して無理に来てもらったが、それが大成功であったと言う。厨房係の人は一人ひとりの子どもの食事の食べっぷりをよく見ていて、その子の状態についていろいろと考える。せっかくおいしい料理をつくっても、そんなのを見向きもせず、漬物とお茶漬けだけですます子、食べるのは全部食べるが、「味わう」ということを全然しなくて、ともかく早く食べてしまおうとする子。

これらの子どもに対して、食事をおいしく食べてもらうにはどうすればいいのか。同じ食事でも温度が違うだけでも味は変わってくることなどの、微妙な味わいを知ってもらうにはどうすればいいのか。校長先生はついに、食事がどれほど「教育」にとって重要であるかを認識して、職員会議には厨房の人も参加してもらうことにした。あの子は数学が不得意だとか、勉強に集中力がない、などという話題と同等に、あの子は食欲がない、がつがつと食べるだけで味わうことをしない、などということが職員会議で取りあげられる。

職員一同のきめの細かい配慮のなかで、子どもたちが食事をちゃんと味わって食べるようになると、相当に強くなって実際に登校したり、社会に出たりするような力をつけてくる、とのことである。私はこの話を聞いて感心してしまった。職員会議に厨房の人たちが参加するところは素晴らしい。この学校のよさを端的《たんてき》に示している。

ところで、この話は不登校などということを超えて、現代に生きるわれわれすべてに対して、反省すべき点を提示していると思われる。ものが豊かになったために、われわれはなるべく多くとか、なるべく早くとかいう考えにとらわれてしまって、すべてが「大味《おおあじ》」になり、心のこまやかさを忘れてしまって、ものごとを落ち着いて味わうことを忘れてしまっていないだろうか。飽食というのは量に関することであって、心のこもった味という点では、むしろ貧困になってはいないだろうか。

このように考えると、これは食事の味だけではなく「人生の味」という点にまで拡大して、われわれの生き方を全体的に検討するべきだとさえ思われてくる。遠い外国へ行った、たくさんの人と会ったなどと量的に計《はか》れることだけを頼りにしていて、人生の微妙な味わいを忘れてしまってはいないかを反省するべきである。

（一九九四年　六五歳）

我を忘れる

「我を忘れる」という表現がある。自分のことを忘れる、というのだから変な感じがするが、考えてみるとなかなかうまい表現だなと思う。映画などを見ていると、知らぬ間に主人公に同一化してしまって、主人公が苦境に立つと、こちらも胸が苦しくなったり、知らぬ間に手を握りしめていて、汗ばんできたりする。それは別に映画の話であって、自分はいすに座ってそれを見ているのだから、何のことはない、と言えばそれまでだが、そんな観客としての自分のことは忘れてしまっているのだ。

子ども劇場の仕事をしている人たちと雑談していると、面白いことを聞かせていただいた。最近の子どもたちは、劇を見ていても、それに入り込まずに、なんのかんのと言って、やじで劇の流れを止めようとする。ピストルを見ると、「あんなのおもちゃだ」と言う。人が死んでも「死ぬまねをしているだけ」と叫ぶ。悲しい場面のときに、妙な冗談を言って笑わせる。要するに、「クライマックスに達してゆくのを、何とかして妨害しようとしている」としか思えない。こうなると劇をする人も非常に演じにくいのは当然である。

主催者の人たちがもっと驚き悲しくなるのは、そのような子どもたちがやじで騒いで喜んでいた後で、その子の親たちが「今日は子どもたちがよくノッていましたね」と喜んでいるのを知ったときであった。この親は「ノル」ということをどう考えているのだろう。子どもたちは騒いで楽しんでいるかのように見える。しかし、実のところは劇の展開に「ノル」のに必死で抵抗しているのだ。「我を忘れる」のが恐いのだ。

どうしてこのようなことが増えるのだろう。「我を忘れる」ことのできる人、あるいはできない人とは、どんな人であろう。まず、「我を忘れ」やすい人は、そもそもその「我」が弱いから、ということが考えられる。少しのことにも感激して「我を忘れ」てしまうが、終わるともとにかえってしまう。あるいは、我を忘れて行動するので近所迷惑をかける。これに対して、自分自身の本来的なものを見失わないからこそ、「我を忘れる」ことができる、という場合がある。

我を忘れる体験をしても、そのような体験が本来の自分を肥《こ》やしてゆく要素になる。このようなことが生じるので、われわれは演劇や映画のみならず、いろいろ芸術作品に接し、それによって自分の成長をはかろうとする。そのとき、作品が素晴らしいほど、われわれはそこに没《ぼっ》入《にゅう》し、「我を忘れる」体験をし、再び我にかえるときにその体験を吸収してゆく。

「我を忘れる」ことは、しかし、怖いことだ。これができるためには、自分を投げ出しても「大丈夫よ」と抱きとめてもらう経験をもっていないと駄目《だめ》である。死と再生の繰返しが人間を成長させるという考えから言うと、このような身の投げ出しと受けとめによって、人間は強くなってゆき、「我を忘れる」体験を自分のものにすることができるのだ。

ところで、最近の子どもたちは、このような身の投げ出しと受けとめの経験が少なすぎるのではなかろうか。このような受けとめは、簡単に言ってしまうと「まるごと好き」とだれかに言ってもらうことだ。最近の親は「かしこい子好き」、「おとなしい子好き」、あるいは夜眠っているときだけ好き、になったりして、子どもが自分をまるごと投げ出しても抱きしめてもらう経験が少ないのではなかろうか。「まるごと」ではなく、頭だけ大切にして、心や体全体のことを忘れていないだろうか。

こんな子どもたちは、「我を忘れる」ことなど怖くて仕方ないのだ。うっかり我を忘れると、もとに戻れないかもしれない。そこで、自分の「頭」の能力を総動員して、しらけたやじを言わざるを得ない。そして、親の方も子どもの頭だけを見て、子どもを丸ごと抱きしめることを知らないので、そんな行為を見て、うちの子はよくノッている、などと喜んでしまうのだ。これでは、子どもたちがあまりにもかわいそうである。

私は人生のなかで「我を忘れる」体験を一度もしない人は不幸な人だと思う。自分という全存在を何かに賭《か》けてみる。そのことによってこそ、自分が生きたと言えるのではないだろうか。それが可能な強さをもった子どもたちを育てたいと思う。

（一九九四年　六六歳）

型を破る

ある校長先生からいい話をお聞きした。ツッパリグループが居て、手に負えないと言われている中学校で、その校長先生をはじめ教師たちが努力して、だんだんとよくしてゆかれた。子どもたちも変化してきて、これでめでたく卒業と思って、先生方も喜んでいた。

学年度末に職員会議を開いていると、子どもたちは帰宅しているはずなのに、突然、校内放送が蛍《ほたる》の光を放送しはじめた。「あっ、またいたずらを……」と教師一同が職員室の窓から放送室の方を見ると、何と、垂《た》れ幕《まく》がスルスルと下り、それには、「先生たち、どうも有難《ありがと》うございました」と感謝の言葉が書かれていた。ちょうど、職員会議のときを見はからい、放送で注意を集めておいて、感謝の言葉を、パッと見せる、これには先生方も感激。顔を見合わせて微笑《ほほえ》み合ったということである。

ところで、それに続く校長先生の反省の弁がまた素晴らしいのである。その先生が言われるには、あのとき校長の自分が、「生徒も楽しいことやってくれるわ。僕らも会議を中止して、彼らに手をふってやろう」と提案して、職員室の窓から一同で手をふれば、生徒たちもどれほど喜んだだろう、と思ったのは職員会議の終わるころだった、とのこと。校長として職員会議をしっかりと司会してゆかねば、ということに気を取られていて、咄嗟《とっさ》のときに職員会議を一時中断して……ということを思いつけなかった。いざというとき「型を破って行動する」のは難しいことだ、と言われたのである。

これを聞いて私は実に感心した。それも二重、三重に感心したのである。まず、職員会議中を狙《ねら》って音楽を流し、感謝の言葉を垂れ幕にした生徒たち。ツッパリの子たちというのは、これだけのよさをもっているのだ。そして、次に、それに行動でサッと応《こた》えられなかったことを反省される校長先生。これもすごいと思った。生徒たちの行動を見て、「あ、やってるな」と思うにしても、この校長先生のような反省にまでは至らないのではなかろうか。

この話をお聞きして、私も咄嗟のときに「型を破る」ことができなかったことを、いろいろと思い出した。後で考えると何でもない、むしろ自然とさえ思えるようなことでも、自分が型にはまった考えにとらわれていると自由に動けないものなのである。そんなときに、とらわれることなく行動していたら、それにかかわる人々の嬉《うれ》しさ、楽しさは倍加するはずである。そうでありながら、われわれはせっかくの機会を、型にとらわれすぎて逃がしてしまっていると思われる。

咄嗟のときに型を破って自由に行動する、これも修練によって、だいぶ上手になってゆくのではなかろうか。毎日の生活のなかで、そのような修練をしてゆきたいものと思っている。

（一九九二年 六三歳）

はてな、はてな

最近、『物語とふしぎ』（岩波書店）という本を出版した。児童文学を素材としてのエッセーであるが、そのなかで「ふしぎ」ということをキーワードにした。何かを「ふしぎ」と感じる。そこから何か意味ある考えや体験が生まれてくる、というわけである。

たとえば夜にふと目が覚めると、ふしぎな音が聞こえてくる。「はてな」と思う。気になり出すと眠られない。とうとう起き出して確かめに行き、水道の蛇口《じゃぐち》がちゃんとしまっていなくて、水がもれていた音だとわかる。そうなると安心して眠られる。「はてな」で中ぶらりんになった気持ちが、落ちつくところを見つけると安心する。

多くの科学の発明、発見は、このような「はてな」から生み出されている。特に天才と言われている人は、普通の人間がアタリマエと思うところに「ハテナ」と感じたり、普通なら、もうこのあたりでと止《や》めるところでも、なお追究の手をゆるめないところに特徴がある。ニュートンがリンゴの落ちるのを見て「はてな」と思ったという話は、どこまで本当かわからないが、ともかく、彼がアタリマエとされている現象をあくまでも追究して、とうとう万有引力《ばんゆういんりょく》の法則(1)にまで行きついたのは、事実である。

　何でもいいことがあると悪いことがあるもので、この「ふしぎだ」「なぜ」と問いかけて考える癖《くせ》が強くなると、世の中がギスギスしてくるのも事実である。人間世界のことは、すべてが機械のように合理的、論理的にはできていないので、いちいち「なぜ」とか「変だ」とか言われると困るときがある。

『物語とふしぎ』を書いているうちに、この本には書かなかったが、子どもの頃に読んだ面白い話を思い出した。それは「水戸黄門」の講談(2)である。私は講談の愛読者だった。あるところに幽霊《ゆうれい》が出て人々を困らせるのだが、その幽霊は出てくると、「今宵《こよい》の月は中天《ちゅうてん》にあり、ハテナハテナ」と言うのである。

　確かになぜ月は中天に浮いているのか、ふしぎ千万《せんばん》である。これに対して、納得のいく説明ができないものは、ただちに命を失ってしまう。恐ろしいことである。まさか、当時は万有引力の法則がわかっているはずもないし、どう答えるのか。ところで水戸黄門は幽霊の問いかけに少しもあわてず次のように答えた。

「宿るべき水も氷に閉ざされて」

すると幽霊は大喜び、三拝九拝《さんぱいきゅうはい》(3)して消えてしまった。つまり、これは、黄門の言葉を上《かみ》の句とし、幽霊の言葉を下《しも》の句とすると、三十一文字《みそひともじ》の短歌として、ちゃんと収まっている。そこで幽霊も心が収まって消えていったというわけである。

子ども心にもこの話は私の心に残ったのか、未《いま》だにこんな歌の言葉まで覚えている。私は子どもの頃から妙に理屈っぽくて、「なぜ」を連発し、理づめの質問で大人を困らせていたので、論理によらない解決法というのが印象的だったものと思われる。これはひとつの日本的解決法と言えるのではなかろうか。

「収める」という言い方がそもそも面白い。こんなのを英語で説明するとどう言うのだろうか。「解決法」などと言ったが、西洋流に考えると何も解決していないのではなかろうか。しかし、何やかやとごまかして「収める」のは困るが、ある美的判断に基づいて「収まっている」と感じるのは大切なことではないか、と思う。心の葛藤《かっとう》をどう解決するか、という問題は、私の心理療法家という職業にとって大切なことである。そのときに、いろいろと考えたり分析したりして解決法を見いだすだけではなく、ある種の美的判断によって、心を「収める」道を見いだすことも大切ではないか、などと、この頃は考えている。

（一九九六年　六七歳）

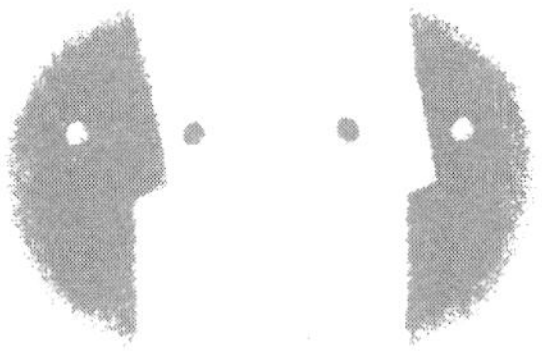

人の心などわかるはずがない

臨床《りんしょう》心理学などということを専門にしていると、他人の心がすぐわかるのではないか、とよく言われる。私に会うとすぐに心の中のことを見すかされそうで怖い、とまで言う人もある。確かに私は臨床心理学の専門家であるし、人の心ということを相手にして生きてきた人間である。しかし、実のところは、一般の予想とは反対に、私は人の心などわかるはずがないと思っているのである。

この点をもっと強調したいときは、一般の人は人の心がすぐわかると思っておられるが、人の心がいかにわからないかということを、確信をもって知っているところが、専門家の特徴である、などと言ったりする。一般の人は、ちょっと他人の顔つきを見るだけで、「悪い人」とか「やさしそうな人」とわかったように思う。これに対して、専門家はどれほどやさしそうに見える人でも、ひょっとすると恐ろしいところがあるかも知れない、と思う。あるいは、怖い顔つきの人に会っても、あんがいやさしい人かも知れない、と思っている。要するに、簡単に判断を下さず、人の心というものはどんな動きをするのか、わかるはずがないという態度で他人に接しているのである。

たとえば、われわれカウンセラーのところには、「札《ふだ》つき」の非行少年と呼ばれる子が連れて来られるときもある。もちろん、彼はそう呼ばれるのにふさわしいだけのことをいろいろとやってきている。親も先生も少年を立ち直らせることに努力してきたが、それは皆裏切られてしまった。誰もが彼を見離したというところでわれわれのところに連れて来られる。そこで、「専門家」に期待されることは、この子の心を分析したり探りを入れたりして、それだけではなく、子どもの親に対しても同様のことを行ない、非行の原因を明らかにして、どうすればよいかという対策を考え出すということである。ところが、本当の専門家はそんなことをしないのである。

一番大切なことは、この少年を取り巻くすべての人が、この子に回復不能な非行少年というレッテルを貼《は》っているとき、「果してそうだろうか」、「非行少年とはいったい何だろう」というような気持をもって、この少年に対することなのである。「悪い少年」だときめてかからないことが大切である。そんなつもりで、少年に会ってみると、あんがい少年が素直に話をしてくれる。少年は涙を流しながら、実はお母さんが怖い人で、小さいときから叱《しか》られてばかりだったと言う。これを聞いて、「母親が原因だ」とすぐに決めつけてしまう人も素人《しろうと》である。

少年が、母親が怖いと涙ながらに訴えるとき、それはその少年にとっての真実であるだろうし、それをわれわれは尊重しなくてはならない。しかし、そのことはすぐに母親が怖い人だということにはならないし、ましてや、母親が原因などと速断できるはずもない。そして、われわれは母親に対して会うときも、少年に対してと同様に、簡単にきめつけられたものではないという態度で会ってゆく。

このような態度で会い続けていると、それまで見えなかったものが見えてくるし、一般の人々が思いもよらなかったことが生じてくるのである。母親が怖いとばかり訴えていた少年が、ふと幼い頃に母にやさしくして貰《もら》ったことを思い出すときもある。自分の子を悪い子と決めつけてしまっていた父親が、ふと子どもに話しかけ、子どもがそれに応じるなどということもでてくる。

もちろん、このように言っても話はそれほど簡単ではなく、ある程度の期間にわたって上ったり下ったりしながら変化してゆくのであるが、ここで一番大切なことは、われわれがこの少年の心をすぐに判断したり、分析したりするのではなく、それがこれからどうなるのだろう、と未来の可能性の方に注目して会い続けることなのである。

速断せずに期待しながら見ていることによって、今までわからなかった可能性が明らかになり、人間が変化してゆくことは素晴らしいことである。しかし、これは随分《ずいぶん》と心のエネルギーのいることで、簡単にできることではない。むしろ、「わかった」と思って決めつけてしまうほうが、よほど楽なのである。この子の問題は母親が原因だとか、札つきの非行少年だから更《こう》生《せい》不可能だ、などと決めてしまうと、自分の責任が軽くなってしまって、誰かを非難するだけで、ものごとが片づいたような錯覚《さっかく》を起こしてしまう。こんなことのために「心理学」が使われてばかり居ると、まったくたまったものではない。

「心の処方箋《しょほうせん》」は「体の処方箋」とは大分《だいぶ》異なってくる。現状を分析し、原因を究明して、その対策としてそれが出てくるのではなく、むしろ、未知の可能性の方に注目し、そこから生じてくるものを尊重しているうちに、おのずから処方箋も生まれでてくるのである。

（一九八八年 五九歳）

１００％正しい忠告はまず役に立たない

ともかく正しいこと、しかも、１００％正しいことを言うのが好きな人がいる。非行少年に向かって、「非行をやめなさい」とか、「シンナーを吸ってはいけません」とか、忠告する。煙草《たばこ》を吸っている人には、「煙草は健康を害します」と言う。何しろ、誰がいつどこで聞いても正しいことを言うので、言われた方としては、「はい」と聞くか、無茶苦茶《むちゃくちゃ》でも言うより仕方がない。後者の場合だとすぐに、「そんな無茶を言ってはいけません」とやられるにきまっているから、まあ、黙って聞いている方が得策ということになる。

もちろん、正しいことを言ってはいけないなどということはない。しかし、それはまず役に立たないことくらいは知っておくべきである。たとえば、野球のコーチが打席にはいる選手に「ヒットを打て」と言えば、これは１００％正しいことだが、まず役に立つ忠告ではない。ところが、そのコーチが相手の投手は勝負球にカーブを投げてくるぞ、と言ったとき、それは役に立つだろうが、１００％正しいかどうかはわからない。敵は裏をかいてくることだってありうる。あれもある、これもある、と考えていては、コーチは何も言えなくなる。そのなかで、敢《あえ》て何かを言うとき、彼は「その時その場の真実」に賭《か》けることになる。それが当れば素晴らしい。もっとも、はずれたときは、彼は責任を取らねばならない。

このあたりに忠告することの難しさ、面白さがある。「非行をやめなさい」などと言う前に、この子が非行をやめるにはどんなことが必要なのか、この子にとって今やれることは何かなどと、こちらがいろいろと考え、工夫しなかったら何とも言えないし、そこにはいつもある程度の不安や危険がつきまとうことであろう。そのような不安や危険に気づかずに、よい加減なことを言えば、悪い結果がでるのも当然である。

ひょっとすると失敗するかも知れぬ。しかし、この際はこれだという決意をもってするから、忠告も生きてくる。己《おのれ》を賭けることもなく、責任を取る気もなく、１００％正しいことを言うだけで、人の役に立とうとするのは虫がよすぎる。そんな忠告によって人間が良くなるのだったら、その１００％正しい忠告を、まず自分自身に適用してみるとよい。「もっと働きなさい」とか、「酒をやめよう」などと自分に言ってみても、それほど効果があるものではないことは、すぐわかるだろう。

もっとも、自分はその通りにやっているし、効果もあげている、という立派な方も居《お》られるが、そこまで立派な方は人間を通りこして、既《すで》にホトケになって居られるのだろう。ホトケに「こころの処方箋《しょほうせん》」など不要なのはもちろんである。実際、いつどこでも誰にでも通じる正しいことのみを生きていては、「個人」が生きていると言えるのかどうか疑わしい。それは既にホトケになっている。

１００％正しい忠告は、まず役に立たないが、ある時、ある人に役立った忠告が、１００％正しいとは言い難いことも、もちろんである。考えてみると当り前のことだが、ひとつの忠告が役立つと、人間は嬉《うれ》しくなってそれを普遍的真理のように思い勝ちである。たとえば、次のようなこともあった。

ある宗教家が、「死にたいという人に、本当に死ぬ人はない」と思いこみ、（こんなことは決して断言できない。「死にたい」と言って自殺する人は沢山《たくさん》いる）「自殺をしたい」という人に、それなら自殺の仕方を教えてやろうと詳細に死に方を教えてやると、その人はびくついてしまって自殺を断念した。それに味をしめて、その宗教家が次の人にも同じ手を使ったら、その人が言われたとおりの方法で自殺をしてしまったので、自殺の方法を教えた宗教家は、すっかり落ちこんでしまった。

　これは極端な例であるが、このようなことは、あんがいよく生じる。これは、一回目の時には、相当に自分を賭けて言っているのに、二回目になると、前のようにうまくやってやろうと思って、慢心《まんしん》が生じたり、小手先《こてさき》のことになって、己を賭ける度合が軽くなっているために、うまくゆかないのである。前と同じようにやろう、などと言っても、考えてみると人生に「同じこと」などあるはずがないのだ。もちろん、「昨日も七時に朝食を食べた、今日も同じように……」というレベルでなら、同じことは存在し、朝食のパンを毎朝正しく焼くことも可能であろう。しかし、ある個人の存在が深くかかわってくるとき、そこには、同じことは起こらなくなってくるし、まさにそのときに、その人にのみ通じる正しいことが要求され、それは、一般に人が考えつく、100%正しいこととは、まったく内容を異《こと》にするのである。

ここに述べられたことは、100%正しいことである、などと読者はまさか思われないだろうが、念のために申しそえておく。

（一九八八年 五九歳）

心の新鉱脈を掘り当てよう

人間には、身体的なエネルギーだけではなく、心のエネルギーというのもある、と考えると、ものごとがよく了解できるようである。同じ椅子《いす》に一時間坐《すわ》っているにしても、一人でぼーと坐っているのと、客の前で坐っているのとでは疲れ方がまったく違う。身体的には同じことをしていても「心」を使っていると、それだけ心のエネルギーを使用しているので疲れるのだ、と思われる。

このようなことは誰しもある程度知っていることである。そこで、人間はエネルギーの節約に努めることになる。仕事など必要なことに使うのは仕方ないとして、不必要なことに、心のエネルギーを使わないようにする、となってくると、人間が何となく無愛想《ぶあいそう》になってきて、生き方に潤《うるお》いがなくなってくる。他人に会う度《たび》に、にこにこしていたり、相手のことに気を使ったりするとエネルギーの浪費になるというわけである。ときに、役所の窓口などに、このような省エネの見本のような人を見かけることがある。まったくもって無愛想に、じゃまくさそうに応対をしているのである。そのくせ、疲れた顔をしたりしているところが、面白いところである。

これとは逆に、エネルギーがあり余っているのか、と思う人もある。仕事に熱心なだけではなく、趣味においても大いに活躍している。他人に会うときも、いつも元気そうだし、いろいろと心づかいをしてくれる。それでいて、それほど疲れているようではない。むしろ、人よりは元気そうである。

このような人たちを見ていると、人間には生まれつき、心のエネルギーを沢山《たくさん》もっている人と、少ない人とがあるのかな、と思わされる。いろいろな能力において、人間に差があるように、心のエネルギー量というのにも生まれつきの差があるのだろうか。これは大問題なので、今回は取りあげないことにして、もう少し他のことを考えてみよう。

他との比較ではなくて、自分自身のことを考えてみよう。たとえば、自分が碁《ご》が好きだとして、碁を打っているために使用される心のエネルギーを節約して、もう少し仕事の方に向けようと考えてみるとしよう。そこで、友人と碁を打つ回数を少なくして、仕事に力を入れようとして、果してうまくゆくだろうか。あるいは、今まで運動などまったくしなかったのに、ふと友人に誘われてテニスをはじめると、それがなかなか面白い。だんだんと熱心にテニスの練習に打ち込むようになる。そんなときに、仕事の方は、以前より能率が悪くなっているだろうか。あんがい、以前と変わらないことが多い。テニスの練習のために、以前よりも朝一時間早く起きているのに、仕事をさぼるどころか、むしろ、仕事に対しても意欲的になっている、というときもあるだろう。

もちろん、ものごとには限度ということがあるから、趣味に力を入れれば入れるほど、仕事もよく出来る、などと簡単には言えないが、ともかく、エネルギーの消耗を片方で押さえると、片方で多くなる、というような単純計算が成立しないことは了解されるであろう。片方でエネルギーを費やすことが、かえって他の方に用いられるエネルギーの量も増加させる、というようなことさえある。

以上のことは、人間は「もの」でもないし「機械」でもない、生きものである、という事実によっている。

人間の心のエネルギーは、多くの「鉱脈」のなかに埋もれていて、新しい鉱脈を掘り当てると、これまでとは異なるエネルギーが供給されてくるようである。このような新しい鉱脈を掘り当てることなく、「手持ち」のエネルギーだけに頼ろうとするときは、確かに、それを何かに使用すると、その分だけどこかで節約しなければならない、という感じになるようである。

このように考えると、エネルギーの節約ばかり考えて、新しい鉱脈を掘り当てるのを怠《おこた》っている人は、宝の持ちぐされのようなことになってしまう。あるいは、掘り出されないエネルギーが、底の方で動くので、何となくイライラしていたり、時にエネルギーの暴発現象を起こしたりする。これは、いつも無愛想に、感情をめったに表に出さない人が、ちょっとしたことで、カッと怒ったりするような現象としてあらわれたりする。

自分のなかの新しい鉱脈をうまく掘り当ててゆくと、人よりは相当に多く動いていても、それほど疲れるものではない。それに、心のエネルギーはうまく流れると効率のいいものなのである。他人に対しても、心のエネルギーを節約しようとするよりも、むしろ、上手に流してゆこうとする方が、効率もよいし、そのことを通じて新しい鉱脈の発見に至ることもある。心のエネルギーの出し惜しみは、結果的に損につながることが多いものである。

（一九八九年　六一歳）

灯を消す方がよく見えることがある

子どもの頃に読んだ、ちょっとした話がずっと心のなかに残っていることがある。次に紹介する話も、少年倶楽部《クラブ》[1]あたりで読んだのだと思うが、妙に印象的で心のなかに残り続けていたものである。

何人かの人が漁船で海釣りに出かけ、夢中になっているうちに、みるみる夕闇《ゆうやみ》が迫り暗くなってしまった。あわてて帰りかけたが潮《しお》の流れが変わったのか混乱してしまって、方角がわからなくなり、そのうち暗闇になってしまい、都合の悪いことに月も出ない。必死になって灯(たいまつだったか?)をかかげて方角を知ろうとするが見当がつかない。

そのうち、一同のなかの知恵のある人が、灯を消せと言う、不思議に思いつつ気迫におされて消してしまうと、あたりは真の闇である。しかし、目がだんだんとなれてくると、まったくの闇と思っていたのに、遠くの方に浜の町の明りのために、そちらの方が、ぼうーと明るく見えてきた。そこで帰るべき方角がわかり無事に帰ってきた、というのである。

この話を読んで、方向を知るために、一般には自分の行手《ゆくて》を照らすと考えられている灯を、消してしまうところが非常に印象的だったことを覚えている。

子ども心にも何かが深く心に残るということはなかなか意味のあることのようで、このエピソードは現在の私の仕事に重要な示唆《しさ》を与えてくれている。

子どもが登校しなくなる。困り切ってその母親が相談に行くと、学校の先生が、「過保護に育てたのが悪い」と言う。そうだ、その通りだと思い、それまで子どもの手とり足とりというような世話をしていたのを一切止《や》めにしてしまう。ところが、子どもは登校しないどころか、余計に悪くなってくる気がする。そこで他の人に相談してみると、子どもが育ってゆくためには「甘え」が大切である。子どもに思い切って甘えさせるといい、と言われる。困ったときの神頼みで、ともかく言われたことをやってみるがうまくゆかない。どうしていいかわからないということで、われわれ専門家のところにやって来られる。

「過保護はいけない」、「甘えさせることが大切」などの考えは、それはそれなり一理があって間違いだなどとは言えない。しかし、それは目先を照らしている灯のようなもので、その人にとって大切なことは、そのような目先の解決を焦《あせ》って、灯をあちらこちらとかかげて見るのではなく、一度それを消して、闇のなかで落ちついて目をこらすことである。そうすると闇と思っていたなかに、ぼうーと光が見えてくるように、自分の心の深みから、本当に自分の子どもが望んでいるのは、どのようなことなのか、いったい子どもを愛するということはどんなことなのか、がだんだんとわかってくる。そうなってくると、解決への方向が見えてくるのである。

不安にかられて、それなりの灯をもって、うろうろする人（このことをできるだけのことをした、と表現する人もある）に対して、灯を消して暫《しば》らくの闇に耐《た》えて貰《もら》う仕事を共にするのが、われわれ心理療法家の役割である。このように言っても、闇は怖いので、なかなか灯を消せるものではない。時には、油がつきて灯が自然に消えるまで待たねばならぬときもあるし、急を要するときは、灯を取りあげて海に投げ入れるほどのこともしなくてはならぬときがある。そんなことをして、闇のなかに光が必ず見えてくるという保証があるわけでもない。従って、個々の場合に応じて、心理療法家の判断が必要となってくるのだが、その点については、ここで論じることはしない。

もっとも、不安な人は藁《わら》をもつかむ気持で居《お》られるので、そのような人に適当に灯を売るのを職業にしている人もある。それはそれなりにまた存在意義もあるので、にわかに善《よ》し悪《あ》しは言えないが、それは専門の心理療法家ではないことは確かである。

子ども心にも、特に印象に残る話というのは、やはりその人にとって、人生全体を通じての深い意味をもっているものなのだろう。子どもの頃に知って記憶している話が、現在の自分の職業の本質と密接にかかわっていることに気づかれる人は、あんがい多いのではなかろうか。

別に心理療法なんかを引き合いに出さなくとも、目先を照らす役に立っている灯——それは他人から与えられたものであることが多い——を、敢《あえ》て消してしまい、闇のなかに目をこらして遠い目標を見出《みいだ》そうとする勇気は、誰にとっても、人生のどこかで必要なことと言っていいのではなかろうか。最近は場あたり的な灯を売る人が増えてきたので、ますます、自分の目に頼って闇の中にものを見る必要が高くなっていると思われる。

（一九九〇年 六一歳）

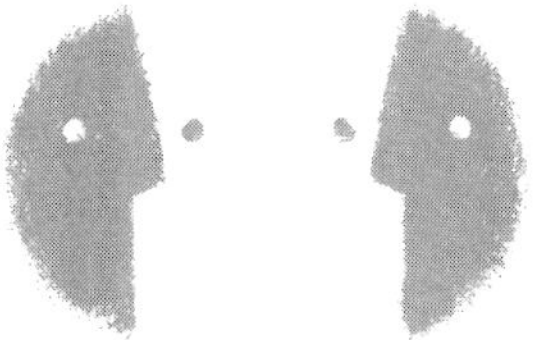

「心」の科学

阪神大震災の後で「心のケア」が大切であるとの主張があちこちから起こってきた。この問題自体は大切なことだが、他でも論じたりしたので今回は触れずにおく。奥尻島《おくしりとう》や普賢岳《ふげんだけ》の災害でも同様のはずなのに、今回になってこれほど論じられるようになったのは、日本人が全体として「心」のことに関心をもつようになったからだと思われる。

しかし、欧米先進国と比較すると、日本人の「心」に関する関心の持ち方はまだまだ低いと言えるのではなかろうか。欧米の物質主義に対して日本人は心を大切にする、などと日本人で主張する人に対して、アメリカ人が日本人の「エコノミックアニマル[1]」的な生き方を指摘して、猛反撃をしているのに出会ったことがある。あるいはアメリカの大学で日本の医療の研究をしている人から、日本では医療の場で臨床心理士《クリニカル・サイコロジスト》が正式の資格をもっていないが、これは「日本人が心のことを大切にしていないためか」と言われたことがある。

これに対して私は次のように答えた。欧米は近代になって、心と物とを明確に区別する思考法を確立し、それによってまず「物」の研究を発展させたが、続いて「心」の研究もするようになった。これに対して日本では心身一如《しんしんいちにょ》などというように、心と物との境界を明瞭《めいりょう》にせずに来たが、欧米の自然科学に魅《み》せられ、それに続けと努力して「物」の研究に成果をあげてきた。しかし「心」だけを取り出して考えるのに、まだ抵抗を感じているのだ、と。われながら苦しい弁解と思ったが、当たっているところもあると思っていた。

心を「研究」するのは大変なことである。西洋の近代科学はその対象を客観的に研究する方法を確立して成功したので、まずその対象は「物」に向けられ、物理学はその王者となったと言ってよい。心理学も大分《だいぶ》遅れて出てきたが、成功者「物理学」の範《はん》に頼ることにしたので、「心なき心理学」と言われるように、「心」などという実体のないものは相手にせず、もっぱら人間の行動や動物の行動などの計測可能なことを研究して、その成果を収めてきた。

「心」などないと言っても話は収まらない。足が麻痺《まひ》して動かない、胸のあたりに激痛が走って何もできない、などと訴える人でも医学的に身体に何の異常もないことがある。そこで、その人の「心」の問題と仮定し分析してゆくと原因が探索《たんさく》できて、そのことを話し合うことによって治る、という精神分析が生まれてきた。これが今世紀における人間の考えの特徴のひとつと言っていいだろう。

フロイト[2]の創始した精神分析をはじめとして、ユング[3]の分析心理学、アドラー[4]の個人心理学など、多くの深層心理学の学派が生まれて発展してきた。人間の心の深層の仕組みがわかってきて神経症《ノイローゼ》の治療に役立つようになった。アメリカではこれが特に発展し、アメリカ社会を語るときに深層心理学のことを抜きにしてはできなくなるほどになった。

このような方法は経験に基づき科学的に研究してきたので、誰の心にもその理論を適用できると思いはじめたときに、深層心理学の誤《あやま》りが生じる。これは確かに経験的に研究され、必要とあれば理論を改変してゆくという点で「科学的」と言えるかも知れぬが、近代の自然科学のような客観的観察によるものではない。人間の主観の世界にかかわり、それを深めながらそこで体験することを、できる限り客観的に捉《とら》えるという方法によるものである。フロイトもユングも、その研究のはじまりは自己分析である。従って、深層心理学の理論は、それを用いようとして本人が納得しつつ考えを進めてゆくときに効果を発揮できるもので、他人に対して勝手に適用できるものではない。

このあたりのことを明確にしないまま、精神分析の理論を適用して心の病《やまい》を治療しようとするとき、患者の方がそれを信用しているとうまくゆくし、一九六〇年代までは、それなりに相当な効果をあげてきた。しかし、アメリカでもこのような点に疑問が生じてきて、近代科学として精神分析を考えることは、誤りであることがだんだんとわかってきた。

そこで、精神分析や心理療法などは信用できない、心の病と言っても結局は身体的、生理的な「原因」があるはずだ、というわけで、そちらの方へと反転する傾向がアメリカでは暫《しばら》く強くなってきた。精神分析はもう弱体化するだろうなどと極言する人さえあったが、やはり「心」を無視しては治療は進まない。

二十世紀も終わりに近づいて、心を探求する深層心理学的な方法をもう一度よく見直し、それを近代科学と同じようなものとして過信することのないようにするとともに、その意義を明確にしようとする傾向が強くなってきた。その研究を推し進めることは、近代科学を超える試《こころ》みとなるだろう、という自覚が強くなってきたのである。というとカッコよく聞こえるが、端《たん》的《てき》に言えば、「心」という対象がいかに捉え難く、あれほど強力さを示した近代科学の方法さえ通用しないのだ、ということである。そこには従って、二十一世紀への展望もほの見えてくるのだが、それでは、新しい「心の科学」をどのように考えるかについては次に述べることにする。

*

近代科学の方法論と異なる方法によって、「心」の研究をするというとき、まずあげるべきことは、「関係性」である。近代科学は、研究者と研究される対象との間には明確な切断があることを前提にしている。だからこそ、研究者個人と無関係な普遍的知見《ちけん》を得られる。しかし、これが人間の「心」となってくると、そのような無関係の間では心の深層を探究できない。心理療法においては、治療者と患者の関係のあり方が極《きわ》めて重要な要因となる。治療者の心が、

「関係性」という点で、どこまで広く深く開いているかによって、治療の進み具合がまるで違ってくる。

たとえば、「札《ふだ》つきの非行少年」などと呼ばれる少年が、われわれのところに連れて来られる。ここでそもそも「札つき」などということ自体、この少年との関係を切断していることを意味しないだろうか。関係の切断を前提として、われわれは他人にレッテルを貼《は》ることができる。そこで治療者はそんなレッテルを返上し、人と人との深い関係に心を開く態度で接すると、その少年は自分でも思いがけないような自分の心の可能性の方に目を向けはじめるのである。

近代科学の強力な武器は切断である。現象を細かく細かく分析してゆき、その後にそれらの関係を合理的論理的に組み立てたモデルをつくりあげる。そして、それに従って対象を自分の思うように操作する。この方法があまりに効果的なので、人間は誤ってこの方法をそのまま人間に当てはめようとしたのではなかろうか。たとえば、「正しい育児」とか「よい教育」をしようとすると言えば聞こえはいいが、子どもたちから見れば、「そんなにうまく操作されてたまるか」と言いたくなるのではなかろうか。大人の人間関係においても、互いに相手を上手に操作しようとし過ぎて、現代人は「関係性喪失《そうしつ》」の病に苦しんでいる。

　現代人の「関係性の回復」を行うために、心理療法家が努力を続けているうちに、合理性、普遍性によって武装されている近代自我を超える試みが必要と考えられるようになった。人間の心の無意識の領域と自我があまりにも切断されているので、そこに関係の回復が必要となってきた。言うならば、現代人の自我は自分自身とも切れた存在になっていたのだ。そこで、無意識の奥深く進んでゆくと、いろいろ不思議なことがわかってきた。

　まず、心と体の関係である。この両者を切断して考えるところに近代科学の特徴があったのだが、実際はこの両者は思いの他に関連し合っていることがわかってきた。心身症《しんしんしょう》などという病気が増え、その治療の過程からも両者の関連性がわかってきたのだが、それは簡単に原因―結果という因果関係によっては把握《はあく》できないのである。心が原因で体が悪くなるとか、その逆だとか簡単には言えない。しかし関連のあることは確かである。

　近代科学が切り棄《す》てたもので、今、回復しつつあるもののひとつが「偶然」である。科学的に因果関係を説明できない、しかし、極めて意味のある偶然が生じ、それによって治療が思いがけずに進展することを、われわれ心理療法家はよく経験する。人間の心の深層に関係すればするほど、このような意味のある偶然の一致に遭遇する機会が増えるように思う。それは合理的判断や予測を超えて、あまりにもうまくできているので、そのようなアレンジをなす存在として、「たましい」などというものを考えたくなったりする。たましいとは、心と体を切断して考える近代自我を超える存在として仮定されるのである。

ここに述べたような考えを推し進める運動として、トランスパーソナル（超個人的）と名づけられる組織が欧米に出現してきた。これは二十世紀後期の心の研究の特徴を示すひとつの動きである。トランスパーソナルとは近代自我や欧米の個人主義を超えようとする試みである。その主張には耳を傾けさせる部分が多いが、時にその考えに古い思考パターンが混入し、トランスパーソナルな方法で、ものごとをうまく操作しようとする動きが見られたりして、げっそりさせられる。心の深層の研究によって、それは限りなく宗教の世界に近接してゆくことは事実であるが、そこから偽科学や偽宗教の生まれる危険性が高いことも、よく認識していなくてはならない。

＊

前回に心の深層の研究は限りなく宗教の世界に接近すると述べた。そのような点で、筆者がもっとも関心をもっているのが仏教である。最近は「チベットの死者の書」(5)に対する関心が高まったりして、一般にも仏教に対する見直しが生じてきているように思う。近代科学が切って棄てたもののひとつが「私の死」あるいは「私の愛する人の死」である。近代科学は、いかに生きるかという点や他人の死について語るときは雄弁であるが、自分と関係の深い死に対しては無言である。われわれは真に生きることを考えるのなら、自分の死との関係性の回復をはからねばならない。

「チベットの死者の書」や「臨死体験(6)」などに多くの人の関心が集まるのも、考えてみると当然である。臨死体験において語られる「死後生《しごせい》」があるとかないとかの議論には加わらないとして、まず言えることは、死に限りなく接近した人間の意識というのが日常の意識とは異なるものではあるが、決して明晰《めいせき》さを失わず、それによる現実認識は人間にとって深い意味をもつものである、ということである。

人間の意識にはさまざまの水準がある。日常の意識を表層の意識と呼ぶとすると、深層にはいろいろな水準の意識があり、そのような深層意識の探究に力を注いだのが仏教ではないか、と筆者は考えている。日常の意識を可能な限り洗練していったのが近代科学であり、それを武器としてあまりにも多くのことを成し遂げた西洋の近代自我は、その他の水準の意識など考えられないので、仏教が探索したさまざまの意識を一括して無意識と呼んだものと思われる。そして、その命名からも予測されるように、それは低い評価を受けるものであった。無意識すなわち病的という考えがあった。そのうちに深層心理学の研究が進むにつれて、無意識の創造性などということが欧米でも言われるようになったが、仏教はそのようなことは二千年以上も前に知っていた。もっとも、このような深い知恵にどっぷりつかっていたお陰で、近代科学が生まれて来なかったことも忘れてはならないが。

筆者自身は仏教に関する知識があまりに浅く、こんなことを語る資格はないのだが、たとえば、華厳経《けごんきょう》(7)などを読んでみると、近代科学が関係を切ることによって出発したのとは、まったく逆にあらゆるものの関係性を認めることから話がはじまっていることに気づくのである。

　近代科学が分割して分割して、最終単位としてのA、B、Cなど個々の要素の本質を明らかにした上で、その関係を次に考えていこうとするのに対して、華厳経では、A、B、Cなどの個々の本質といったものはない、最初にあるのは関係だけだと言い切るのである。Aそのものの本質はないが、AとB、C、……とすべてのものの関係によって、いわゆるAの特性が浮かびあがると考える。つまり、「はじめに関係ありき」なのである。

　人間の心の探究において近代科学を超えようとするとき、仏教の考えはこのような新しい考え方に対する示《し》唆《さ》を与えてくれる。筆者は仏教の経典や説話などを心の研究における現代のテキストとして読みとこうとし始めている。これがうまくゆくと、心のことだけではなく、物をも含めて新しい科学を考えてゆく上で、華厳の思想などは世界中から関心を持たれるのではないかとさえ思っている。

　このように言って、筆者は近代科学を否定する気はない。近代自我の素晴らしさは、日本人にしては筆者はよく知っている方に属すると思っている。それでは、ひたすら切断する意識と、ひたすら関係する意識の両者をどのようにして自分のものとできるのか、ということになるが、これについては、相矛盾《あいむじゅん》するものをいかにして自分の心に収めるかというところで、その人の「個性」が生まれるのだ、と考えている。矛盾のないシステムがモデルとして出来あがってしまったら、そこには個性などというものはなくなってしまう。ここに人間の心の不思議がある。矛盾するものを「私はこのようにかかえているのです」と宣言することによって、その人の「私」つまり個性がはっきりする。そこに「物語」が生まれるということも考えているが、その点は今回は触れない。ともかく、そのような現代の個人の心を示す上で、仏教が重要な役割を果たすと筆者は考えており、今後もその方向で研究を続けてゆきたいと思っている。

（一九九三年 六四歳）

日本神話にみる意思決定

はじめに

日本人の意思決定の在り方は、欧米人のそれと比較すると、異なっているように感じられる。もっとも、日本人と言ってもいろいろあるし、特に日本人でも相当に西洋化している人は、別に欧米人との差をあまり感じることもないであろう。しかし、ここで既《すで》に「西洋化」などという表現を用いているように、やはり一般的な感じとして、日本人と欧米人の行動パターンの差というものが感じられ、そのなかで、意思決定の問題は、彼我《ひが》の差を特に感じさせられることと言っていいように思われる。

日本人と欧米人の差と言っても、ただ異なっているというだけでは無意味であり、その差について欧米人も納得のいく言葉で語ることが必要である。「日本的なことは、他の文化の人にはわからないであろう」と言ってすましていても、それは極《きわ》めて非生産的である。お互いの差についての説明が、お互いに了解できるものになってこそ、その差をこえていく方策も生み出されてくるのである。一方の側からの見解によって差を説明し、だから相手がおかしいとか、まちがっている、などと決めつけたり、どちらかが優位であると速断しても仕方のないことである。

筆者も欧米に滞在した経験などから、彼我の文化差について考えさせられることが多かった。それについていろいろ考えたが、特に神話の差について注目するようになった。昔の神話のことなど比較してみても、現代人にとって無意味であると考える人もあろうが、筆者は次のように考えて、神話に注目することが重要であると判断したのである。

神話はそれを有している文化や民族などにとって、その存在の根源にかかわることである。神話は外的事象を説明するために知的に未発達な人間が考え出した「低級な物理学」なのではない。自分という存在も含めて、この世界全体の事象を、心のなかにどう受けとめるか、ということが述べられているのである。古代のギリシャ人たちも、太陽が球形の灼熱《しやくねつ》の物体であることは知っていた。しかし、それを四頭立ての馬車に乗った英雄神として語るときに、彼らが、たとえば太陽が朝になって出現してくることを、心のなかにどう受けとめたかを示す上で、はるかに適切であると感じていたのである。そして、そのことは単に太陽の運行にのみかかわることではなく、彼らの人生観、世界観と深くかかわることであった。つまり、そのような太陽のイメージを持つことが、彼らの存在を根源から支えることに役立っていたのである。

　神話はもちろん、その他の存在理由ももっている。たとえば、わが国の神話は、天皇家の正統性を裏づけ、また対外的には、わが国がひとつの独立国として存在することを示すために役立つものでなければならなかった。このような政治的な意図によって、『古事記』[1]や『日本書紀』[2]の編纂《へんさん》がなされたことは事実である。しかし、それにもかかわらず、そのなかに先に述べたような神話の特性が、認められることも事実である。筆者の見解では、『日本書紀』の方が政治的意図が強いように感じられる。次節に論じる、日本神話の中空構造も、主として『古事記』によるものである。したがって、それは政治的、意識的な努力の底に潜在《せんざい》する、より基本的構造として捉《とら》えようとするものである。

現在のように異文化間の交流が激しくなってくると、意識の表層における理解のみではなく、相互理解をより深くしてゆくためには、神話的なレベルにまで降りた理解が必要であると考えられる。このような観点に立って、日本の神話をここに取りあげるわけである。

日本神話の中空構造

本論は日本神話それ自身について論じるのが目的ではないので詳述はしないが、一応、もっとも根本的と思われることを、ここに簡単に述べておきたい。

『古事記』によると、日本神話における「三貴子」と呼ばれている重要な神は、アマテラス、ツクヨミ、スサノヲの三神である。これらの神は、黄泉《よみ》の国から帰ってきたイザナキがみそぎをした後で、それぞれ順番に、イザナキの左の目、右の目、鼻から生まれた。そして、周知のようにそれ以後の神話の展開のなかで、アマテラスとスサノヲが重要な役割を担《にな》うことになる。アマテラスとスサノヲは対立し、結局はスサノヲはアマテラスに追われて高天原《たかまがはら》より出雲《いずも》の国へと下ってゆく。この際、アマテラスがスサノヲを完全に抹殺《まっさつ》しないところが、日本神話のひ

第1の三神（天地のはじめ）	タカミムスヒ	アメノミナカヌシ	カミムスヒ	独神として生成
第2の三神（天国と黄泉の国の接触）	アマテラス（天）	ツクヨミ	スサノヲ（地）	父親からの水中出産
第3の三神（天つ神と国つ神の接触）	ホデリ（海）	ホスセリ	ホヲリ（山）	母親からの火中出産

『古事記』のなかのトライアッド

とつの特徴であり、スサノヲは徹底した「悪」の烙印《らくいん》を押されることなく、出雲においては文化英雄として活躍する。そして、その後、アマテラスの子孫が日本の国に下りてきたときは、スサノヲの子孫との間で、国譲《くにゆず》りの妥協《だきょう》を成立させることになる。

ところで、三貴子の中心に存在するツクヨミは、この間その行為についてまったく語られないのが特徴的である。つまり、ツクヨミは三神の中央にあって、ひたすら無為《むい》を保ち続けるのである。重要な三神があり、第一と第三の神は対立したり、補償的であったりするが、中央に存在する第二の神はひたすら無為であるという構造に注目して、日本神話を見ると、それが他にも存在することがわかる。それを一応、表として示しておいた。

この表に従って述べると、『古事記』に語られる最初の神はアメノミナカヌシであり、それに続いて、タカミムスヒ、カミムスヒが独神《ひとりがみ》として生成して、この世に現われたという。ところで、この最初の三神の場合も、タカミムスヒは大体において父性原理の方の機能をもち、高天原系の神と関連が深いのに対して、カミムスヒの方は大体において母性原理的な機能を示し、出雲系の神々と関連が深い。そして、この二神は『古事記』のなかで、重要な役割をもって登場してくるのである。これらに対して、アメノミナカヌシは、中心という名をもっているわけで、その重要性は疑うべきもないが、その行為についてまったく語られない。すなわち、最初の三神においても、無為の中心の構造が明確に読みとれるのである。

次に、第三番目の三神は、ホデリ、ホスセリ、ホヲリの組合せである。これは高天原より下ってきたニニギが、国つ神のコノハナサクヤと結ばれ、その結果生まれてきた神々である。ホヲリとホデリはそれぞれ山幸彦、海幸彦として対照的であり、対立関係も語られる。この際も、ホヲリ、ホデリの活躍に対して、ホスセリの行為については何も語られず、無為の中心の構造が保たれているのである。

詳しくは述べなかったが、表にも示されているとおり、これら三組の三神は、独神として生成した最初の神、次に、黄泉の国との接触の後、水によるみそぎを経て生まれた神、続いて、高天原の神と国つ神との接触の後に、火中から生まれた神と、それぞれ重要なポイントにおいて、特徴的な生まれ方で、この世に出現してきた神である。そして、いずれにおいても、対立したり、対照的であったりする二神の中央に徹底した無為の神をもつことを共通の様相としている。これらのことから、筆者は日本神話の構造を中空構造として捉えたのである。

中空構造の特徴のひとつとして指摘しておくべきことは、先にも少し触れたが対立関係にある神が他方の神を完全に抹殺してしまわないことである。もし中心に強い神が存在するときは、それに対抗するものは、抹殺されるか、完全に周辺に追いやられてしまうであろう。しかし、中空構造においては、対立する神が適当なバランスをもって共存しているのである。そして、ある神が強力となって中心の地位を占めようとしても、全体の動きによって、それを元に戻してしまう傾向が強い。ここには詳論しないが、『古事記』には、その後、高天原系の神の子孫が天皇家になるのであるが、時に、出雲系の神が祟《たた》りをもたらすなどして、その神を厚く祀《まつ》ることによって災害を免《まぬが》れる話が語られる。このことは、高天原系が完全な中心となることに対する、出雲系からの「ゆりもどし」の現象として解釈することができる。

日本神話のもつ中空構造については、筆者がはじめて指摘したのであるが、その後、わが国の一流の神話学者からも相応の評価を受けている。

中空均衡《きんこう》型と中心統合型

日本神話の中空構造について、ごく簡単に述べたが、無為の中心のまわりに存在する神々が微妙なバランスを保っていることを、シンボリズムの観点から見てみよう。西欧のシンボリズムにおいては一般的に、男性―太陽―精神―能動、といった系列に対して、女性―月―肉体―受動、といった系列が対応し、この二つの軸によって、あらゆる事象が秩序づけられるような考え方が存在している。このような極めて明確な分割に対して、日本の神話を見てみると、まず太陽は女性、月は男性であるし、能動と受動という点に関しても、アマテラスとスサノヲの関係は、互いに反転して明確に確定できない。また、アマテラスは女性、スサノヲは男性であるが、それぞれと関連の深い、タカミムスヒ、カミムスヒは、父性原理、母性原理の体現者として考えられるので、この場合も、カウンターバランスの機能がはたらいていることが、読みとれるのである。

これ以上、細部にわたっては論じないが『古事記』の神話を詳細に検討すると、中心を空《くう》として、それをめぐる多くの神々が微妙なバランスをとりつつ、決定的な対立に至ることなく共存していることがわかるのである。このような構造を、筆者は中空均衡型と呼ぶことにした。

これに対して、旧約聖書に語られる神話を考えてみると、その対比は極めて明らかである。ここでは唯一至高の神が世界のすべてを創造する。神のはからいによって、矛盾《むじゅん》のない統合された世界が出現する。したがって、ここで神に反抗するものは、サタンのように完全に追放されることになる。このように、中心にある絶対的な力によって統合されている構造を、先の中空均衡型に対して、中心統合型と呼ぶことにする。ここに、その中心はあくまで善であり、あくまで正しいことが主張されねばならない。

中空均衡型の場合は、中心が空であるため、その中心を侵《おか》すことは悪であるにしても、中心自身がその善であることや正しいことを主張するものではない。したがって、この構造は、極めて受容的で、全体的均衡が保たれる限り、何でも受け容れる。時には、その中心を侵されるようにさえ思われるが、時が経《た》つと、それは中心からはずされ、全体のバランスのなかに何となく取り入れられてゆく。日本が外来の思想や宗教に接したとき、このような方法を取ってきたと思われる。仏教にしろ儒教にしろ、一時はわが国の文化において中心的地位を占めるかのように思われたが、それは徐々に日本化されると共に、重要ではあっても絶対的中心ではないところに位置づけられていくのである。

中空構造を維持するためには、中心の空性を保持しなくてはならない。アメノミナカヌシ――ツクヨミ――ホスセリ、とそれぞれ存在はするがまったく無為の神が中心を占めていたように、これを人間の集団に当てはめるならば、中心には無為の人物が坐《すわ》ることになる。この役割として、歴代の天皇は大体において、適切な存在であったと考えられる。つまり、天皇は最高の人物ではあるが、あくまで無為でなくてはならないのである。このような観点から日本の歴史を見ると、天皇が中空性の体現者としてではなく、中心の権力者として行為した時期は、それが結果として生じたのか、原因となったのかはともかくとして、日本の平和が乱されていた時であることがわかるのである。

日本全体でなくとも、わが国の個々の集団においても、中空構造をもっていることが多い。それらの集団において、中心を占めるためには、ともかく、それが正統な系譜によっていること、いわば運命的に決定されていることが必要で、自分が中心を占めるための正統性を理論や主義主張によって証明しようとしないことが大切である。つまり、そのような主張をもった存在が中心を占めると、それは中心統合型に近づくことになるので、極めて危険なのであり、集団の成員が危機感をもって抵抗するのである。したがって、日本においては明確な方向性をもつリーダーは短期間しか存在できない。

中空構造は全体の均衡が取れている間はいいが、どれか強力な成員が中央に侵入しようとするとき、意外に抵抗が弱いときがある。大体においては相互の牽制《けんせい》によって中心への侵入を防いでいるが、それらは牽制はしても正面切って戦うことは少ないために、あんがいな中央への侵入を許すときがある。このことは中空構造の欠点である。もっとも、このようにして中心を占拠《せんきょ》した者も、ある程度の期間には、徐々に中心からはずされてゆくことは、既に述べたとおりである。

中空構造と意思決定

日本人の意思決定の際に、既に述べてきた中空構造は大いに関連してくる。これは、個人の場合も集団の場合もよく似た現象を示す。まず、個人の場合で言うと、個人の心の在り方も西洋流の中心統合型になっていなくて、何かを決定する際に、自分の心の「中心」が決定する、という感じになるよりは、むしろ、自分の心を「空」にして、できるだけ他人の意見を入れこませようとする。あるいは、自分の意見をある程度もっているにしろ、それを明確な形にして打ち出すのを躊躇《ちゅうちょ》する傾向がある。

このような傾向は、たとえば、パーティで「何をお飲みになりますか」と聞かれたような場合でも、すぐに返事ができない、という形であらわれることもある。ともかく自分の意思というより、周囲の状況の方が優先するのだが、それが把握《はあく》できていないときは返事に困ってしまう。あるいは、日本人に対して外国人がその意見を求めたときに、すぐに答えられなかったり、極めて月並なことを言ってしまうような傾向としても示される。

このようなことを基《もと》にして、「日本人には自我がない」とか、「日本人は個性的でない」などという批判を欧米人がするのを聞いたことがある。これは中心統合モデルに従うかぎり、そうかも知れないが、日本人が中空均衡のモデルに従っていると考えると、それほど簡単な断定はできなくなるのではなかろうか。日本人にも自我や個性は存在するが、その在り方が異なるのである。

集団の意思決定の場合は、中空構造の様相がより顕著《けんちょ》になってくる。集団の成員はその決定を行うときに、自分の意見や方向をもっているとしても、それを明確に打ち出して中心を侵すことは危険なので、曖昧《あいまい》な形で提示したり、一般的な考えとして提示したりする。それと反対意見のものも、できる限り正面からの対決の形をとるのを避けようとする。この際、全体をまとめる役割をとるものは、全体の均衡ということを常に考えていて、自《みずか》らの考えによって全体をリードすることが少ない。このため、日本においては会議が長びくことが多い。短い場合は、既に全体のバランスを考えた「根まわし」が先に行われているためである。

中心統合型の場合、中心になるものは、その正しさ、あるいは、力などにおいて他に優《まさ》るものでなければならず、その地位を獲得するためには必要な対決を行わねばならない。集団で意思決定を行う際に、討論をすることは是非《ぜひ》必要であり、正面からぶつかり合うことによって、優劣を明らかにする。

これに対して、中空均衡型の場合は、正面からの対決は避けられることが多い。実際、日本人は欧米人の好む討論（discussion）をすることが下手である。欧米人にとっては討論はむしろ楽しみでさえある。このような欧米人は、日本人と話をしても面白くない、と嘆く。つまり、日本人は何でも「すぐ同意してしまって」、「討論にならない」からである。この場合も、日本人は実は「同意してしまって」などいないのである。ともかく、一応は相手の考えを受け容れ、お互いに敵対するものではないことを明らかにした上で、徐々に自分の意見も述べて、全体の均衡をはかっていこうとしている。しかし、そのパターンがまったく通じないので、結局のところは、自分の意見も言いそびれてしまって、討論にならないし、相手からは、日本人は「個人としての意見を持たない」などと批判されることにもなる。

このように言うことによって、中空均衡型が中心統合型に対して劣っているとも、またその逆に優《すぐ》れているとも言うことはできない。いろいろな場合が想定できるが、まさに一長一短である、と言えるであろう。また、中空均衡型の方は、危機的状況において意思決定を速断しなくてはならぬときには不都合なので、そのような状況が強いときには、日本においても中心統合型への移行が見られるときがある。

中心統合型においては、いわゆる、正・反→合という図式があり、対決する両者の間から新しい創造が生まれるとき、その統合度はそれ以前より高いものとなる。中空均衡型においても、全体の均衡が崩れ、いずれかが中心への侵入を狙《ねら》ったりしても、全体の均衡が以前と異なったものへと変化して、うまく落ち着くことがある。この際も新しい創造が行われたわけであるが、前者の場合の、正・反→合のような明確な図式によって説明することが難しく、「自然の流れに沿って」うまく変化したと考えられることが多い。このような「理想像」があるので、日本人は自分の意見を述べる際にも、全体の「流れ」に沿っているかを気にしたり、自分の意見は自分自身のものではなく、自然に出てきたことを強調したりすることもある。

中空均衡型の場合、最悪の状態になるのは、重要な意思決定が行われたにもかかわらず、それに参加した成員が明確な責任を感じない、ということが生じることである。重要なことが、「何となく」決定された、などということになる。アメリカに長く滞在していて、大学生になって帰国した学生が、日本語の「何となく」というのが一番わかりにくい、と嘆いたことがあったが、まさに「何となく」というのは、日本的な中空構造の顕《あら》われと言っていいだろう。

ヒルコの課題

中空均衡型は、その長所として対立するものの共存を許すところがあると述べた。これは、明確な理念や力によって統合するものではないので、実に多様なものをそのなかに受け容れるのである。このことは、既に述べたように、神話のレベルで言えば、アマテラスとスサノヲが共存するように、多くの神々がそのパンテオンのなかに存在することになる。これが日本神話のひとつの特徴である。

しかし、非常に興味深いことは、『古事記』のなかで、ヒルコだけが日本の国外に流されてしまい、日本の神々から除外されるのである。ヒルコについては、『日本書紀』も参考にして考えるなら、いろいろと多様な解釈の余地を残すものであるが、ここではそれらについて詳述することを避け、われわれの論議にとって、もっとも意義深く感じられることを一点だけあげておきたい。それは、ヒルコはヒルメとの対応が考えられ、アマテラスがオオヒルメと呼ばれていたことから類推《るいすい》すると、アマテラスが太陽の女神であるのに対して、ヒルコは太陽の男性神であったのではないか、ということである。既に述べたように、日本神話においては微妙なバランスが保たれるため、西洋のように、太陽―男性―精神―能動に対する、月―女性―肉体―受動というような明確な区分が成立しない。しかし、ヒルコが男性の太陽神であるとすると、それは、むしろ、明確な区分をする神であったと考えられないだろうか。

『古事記』によると、ヒルコの誕生は次のような経過であったという。イザナキとイザナミが結婚の式をあげたとき、イザナミの方が先に声をかけ、女性が先にものを言ったのが悪く、ヒルコが生まれ、それは好ましくない子として葦船《あしぶね》に入れて流されてしまった。この話から考えると、女性が先にものを言って、女性優位を示し、それによって男性の太陽神が生まれたとすると、それは先の女性優位をカウンターバランスするこころみであると考えられる。しかし、それはカウンターバランスするにしては、力が強すぎて流されてしまったとも考えられる。つまり、日本神話においては、常に微妙な適切なバランス機能がはたらき、全体としての平衡を保つようにされているのだが、男性の太陽神は、そのような全体的バランスそのものを拒否するほどのものであったと考えられる。

　アマテラスとスサノヲによって女性と男性のバランスがある程度保たれているのに、どうしてヒルコという男性はそこに入ることができなかったかという点については、次のように考えることができるであろう。父性原理というように、原理としての父性を考える場合、それは単に家庭において父親が権力をもつとか、威張《いば》っているとかの次元とは異なることを認識しなくてはならない。

　旧約に語られるキリスト教神話は男性原理の強いものであるが、文化人類学者の谷泰《たにゆたか》はキリスト教神話の論理と、イスラエルにおける羊の放牧を行うための論理との間に顕著な類似関係のあることを示し、その本質を見事についている。詳しくは谷泰の著書(3)を参考にして頂きたいが、そのなかで特に父性原理の厳しさを明らかにしているのは、羊の群れを管理してゆくためには、群れを先導する雄は必要であるが、群れのなかに、雌雄《しゆう》が混合していると交尾期に混乱が生じるので、管理上、先導者としての雄と種《たね》つけのための雄以外は大量に殺すことを必要としている事実の指摘である。

「イスラエルの民にとり、オス当歳子《とうさいご》の大量屠殺《とさつ》は必然であり、この大量屠殺の段階で、種オス候補として選ばれた若干《じゃっかん》のオスに対して、大量に間引《まび》かれて殺される選ばれざるオスという、オスの二つの運命が決せられることになる。もちろんその運命を決するのは、牧夫《ぼくふ》である」と、谷泰は述べている。そして、出エジプト記の過越《すぎこ》しの出来事までの物語においては、農耕民族のように「死と再生」の話がどこにも見当らないことを指摘し、「当歳子羊は犠牲《ぎせい》後再生したりはしない。しかも男神ヤーヴェは登場しても、女神はどこにも登場しない、男性的性に対して、女性的性は、少なくとも過越しの物語りではまったく中心的要素として現われてこないのである」と、旧約の物語の「性的不均衡」を明示している。

このような厳しい父性原理は、わが国においては見られなかったのではなかろうか。太陽の男性神ヒルコは、このような父性の体現者であり、それだからこそ、日本のパンテオンから追放されていった、と考えてみるとよく了解できるのである。「大量屠殺」の意思決定をすることを絶対に必要とするところに生じた父性原理は、やはり相当に厳しいものと言わねばならない。

さて、このようにして、ヒルコを意味づけるならば、現代における日本の課題を神話的レベルで表現すると、かつてはそれを追放することによって全体の平衡を保ち得たヒルコを、日本の神々のパンテオンのなかにいかにして迎えいれるか、ということになるであろう。ヒルコを入れこむことは容易なことではない。かといって、これまでのままでは国際化の著しい現代を乗り切ることはできないのではなかろうか。

しかし、中空均衡型と中心統合型を合わせたモデルというのは、おそらく考えることができないのではなかろうか。中空均衡型は何でも取り入れられそうに見えるが、中心統合型をそのなかに取り入れることはできない。おそらく、現代は単純なモデルを考えることによって、ものごとを解決することが不可能な時代なのであろう。両者を共存させることが、なかなか困難であるにしろ、われわれはこのようなモデルを知ることによって、単純に他を非難したり、あるいは、無批判に肯定したりはせずに、もう少し他を真に理解できるようになるであろう。そのことによって、何らかの新しい道も見出せてくると思われる。

（一九九〇年 六二歳）

心と体

心と体に何らかの関係のあることは、だれも経験的に知っている。しかし、それがどの程度、どのように関係しているか、となるとだれも分からない。それに現在のように人間が知っておくべき知識の量が余りにも多くなると、どうしても知識の獲得や知的理解の方に重点がおかれ、体の方が忘れられがちになる。と言っても、最近は「体の健康」に気を配る人が大分《だいぶ》増えてきた。そこで、いろいろな健康法が盛んに行われたりしている。

ところで、そのような心から切り離された「身体」というのではなく、心と深く関連していて、まさに自分の「生きている身体」とでもいうべきことについて、興味深い話を聞いたので、それを紹介することにしよう。

九月二一日〜二四日まで、日本心理臨床《りんしょう》学会が上智大学で開催され、私も参加した。そのときに、「日本の臨床心理」について国際的な視座から考えるシンポジウムを上智大学の小川捷之《かつゆき》教授が企画され、しばしば来日して日本での臨床経験も豊富な、ロバート・ボスナック、アーノルド・ミンデル両博士と私が話し合うことになった。

ミンデルさんは心と体の関連に強い関心を持っている人で、来談した人が話をしながら思わず示す身ぶりやしぐさなどを読み取って、あっと思うような示唆《しさ》や忠告を与えたりする点で、天才的と言ってよいほどの人である。従って悩みを持って相談に来た人に、その悩みを言葉ではなく、自分の体で表現してみてくれませんか、などと言って、そこからうまい解決を見いだしたりする。これは実に見事なものである。

そのミンデルさんに、「日本人の心理の特徴」としては、どんなことがありますか、と質問すると、思いがけない答えが返ってきた。それは、自分の悩みとか、自分の内面を身体で表現するとなると、「日本人ほど創造的な国民は少ないのではないか」というのである。「例えばですね」と、ミンデルさんは立ち上がって壇の上で、実演を始める。シンポジウムのときでも、すぐにこのような実演をしたりするところが、彼の面目躍如《めんもくやくじょ》たるところである。

例えば、心のなかに強い葛藤《かっとう》があり自分のやりたいことを阻《はば》むものがある、などという相談があると、ミンデルさんは早速《さっそく》、自分の心の中で自分を阻止《そし》しているのはどんな奴《やつ》か、体で表現してくださいと言う。そうすると、ほとんどの欧米人の場合、ボクシングの構えをして、どんどん打ってくるところをする。「もっともっと表現して」と言うと、打つのが激しくなるばかりである。

ところが、日本人に言うと、確かにボクシング型が多いが、それだけでは終わらない。こぶしを固めて打っていたのが、手を開いて、指が微妙な動きを始めたり、実にいろいろで、しかも精妙《せいみょう》な動きとなり、それが思いがけない展開を見せ、解決のヒントが得られるという。ミンデルさんは「日本人は創造的なダンサーになれる人が多いのではないか」とまで言う。

これには驚いてしまった。というのは、外国で生活していて、日本人は社交的な場面で身のこなしがぎこちない人が多いことを強く感じていたからである。アメリカで日本人二世の人たちと話していて、日本から来た日本人は遠くから歩き方を見るだけですぐわかると言われたことがある。パーティのなかでも、何か身のこなしがぎくしゃくしているグループがあると日本人だ、ということになる。政治家の演説の際のジェスチャーなどを日本と他の国の人々と比較すると、同様のことを感じるに違いない。

日本語には「み（身）」という言葉があり、これは身体を表わすのみならず、「みにしみてわかる」などというときは、むしろ、心や魂《たましい》まで意味することがある。カバーする範囲が広く、あいまいである。欧米の場合は身体と心は明確に分離されている。

日本人はこのような不思議な「身」をもっているので、社交的な場面など意識の表層が関係するときは、身のこなしがスムーズにいかないのだが、ミンデルさんが扱うような、意識の深層とかかわる領域においては、「身」のはたらきが急に豊かになる、と考えられないだろうか。心と関連しての身体のはたらきという点で、日本人のことをもう少し詳しく考えてみたいと思っている。

（一九九六年　六八歳）

離婚の理由

今年の夏も学会などがあってヨーロッパに行ってきた。外国にいると親しい友人たちとゆっくり話ができる。そして、やはり日本にいてはあまり考えられないような内容の話や、視点の異なる見方などに触れて、いろいろと考えさせられる。このことだけでも、外国に行くのはいいことだと思う。そのなかで一つずいぶんと考えさせられたことをここに紹介しよう。

法律の専門家の間ではよく知られていることだろうが、最近ドイツでは離婚の裁判において、裁判官は離婚の理由については尋ねてはならないことになっている。裁判官が訊《き》くのは、結婚を継続する意思が二人の間にあるかないかということ。もし、ないとなると離婚について財産の分割などすべてについて二人で話し合いがついていますかと訊き、はい、ということなら離婚を認める。それだけだという。折り合いがついていないときは、それじゃまた来なさいというだけの話で、「調停《ちょうてい》」などということは一切考えないし、どちらが「正しいか」などということも、もちろんない。要するに、当事者で全部やりなさい、ということである。

この話をしたドイツ人は、こんなことでは「倫理も何もなくなる」と嘆いている。たとえば、配偶者の片方が悪い人間で、不倫などをしながら、別れるのなら勝手にしろ、と財産を分けもしない。それでも相手が泣く泣く承知ということだってあるかもしれない。そんなときでも「裁判官」は、ただ両者が同意しているなら「よろしい」と言うなど、正義も倫理もあったものでない、というのが彼の論点である。

しかし、これに対してすぐ反対する人があるのが外国人と話し合っているときの特徴である。これこそ裁判のもっとも進んだ姿だ、というのが彼の意見である。個人の意思、主体性を何よりも尊重するのが現代の生き方である。結婚とか離婚とか、個人の意思が最も関係することについて他人の判断に頼ろうとしたり、国家の判断による介入を受けるなどは、もってのほかで、そんなのは各人が自由にするべきなのだ。だから、これでいいのだ、と言う。

「それじゃ、弱い者はどうするのだ」と一方の男性は言う。「正しい者は弱い場合が多い。だから、それを守るのが国の役割であり、そのために裁判官がいるのだ」と彼は反論する。そんな弱い人間は駄目《だめ》で、そもそも自分の弱さを国に守ってもらおうとする発想が間違っている。自分のことは自分で判断し、自分を守るようになるのが一人前である。その努力を各人にしろと言うのだから、このような裁判制度こそ「倫理的」には最も進んでいるのだ、と片方も負けてはいない。

この制度をこのまま日本に導入しようとするとどうだろう。多くの人が反対するのではなかろうか。それこそ「倫理」「倫理」の大合唱になるかもしれない。私もこのようなことをすぐ日本で行えと主張する気はない。しかし、さすがにドイツ人だ、すごいことをやるなとも思う。おそらく時代の流れは、そちらに向かうのではなかろうか。個人の倫理に国家は介入する権利はない。

古くから現代に至る人間の歴史を見ると、生活が便利になったことはだれも認めるだろう。個人の権利も強くなったとも言えるだろう。しかし人間が生きるために一人ひとりが自分で行っていた多くのことを、今は分業によって分かち合うので、便利にはなったが、「人間一人」（「男一匹」などという表現もある）が生きていく多くの体験を他に奪われてしまったと言えないだろうか。

教育、保護、身体の移動などなど、多くのことは何らかの他のシステムに預けている。そして、それらをもう少しちゃんとやれと主張するところで個人の権利を主張しているつもりだが、言ってみれば、何とも半端な生きものとして生きるようになったと言えないだろうか。おかげで古代の人間の体験した喜怒哀楽《きどあいらく》は現在では随分《ずいぶん》と薄っぺらになってきているのではなかろうか。そんなのはややこしいので国の方におまかせします、というのが個人の理想だろうか。われわれはドイツ人がしたように、自分が一人の人間として十全に生きるためには、国や公に託していたことを取り戻す努力もするべきではないか、と私は考えている。

（一九九五年　六七歳）

ＩＴとｉｔ

このごろの新聞でＩＴという文字にお目にかからないことは、まずないだろう。ＩＴ革命、ＩＴ憲章などと大げさな言葉が出てきて、日本も革命が起こって憲法が変わるのか、と思うほどである。

ＩＴ（インフォメーション・テクノロジー）つまり情報技術の飛躍《ひやく》的な進歩により、社会も人間の生き方も革命的な変化を遂《と》げるわけだし、その動きに乗り遅れるとさっぱりということになる。何だか心配になってくるが、先日、ある会合の挨拶《あいさつ》で、前大阪大学総長の熊谷信昭《くまがいのぶあき》先生が、ＩＴについて次のようなことを話された。

要点のみを言うと、ＩＴ、ＩＴと日本中が騒いでいるが、下手をするとそれによって、「世の中が実に面白くなくなってしまう」というのである。居ながらにして世界中の情報が手に入ると言っても、いったいそれがどうしたというのか、多くの人が孤立して家にいて、ほんとうの「人のまじわり」がなくなるのではないか。その上、二十四時間いつでも瞬時《しゅんじ》にして世界中の株価の動きがわかるというので、すべての人が投機に夢中になる。そして、それによって何も働かずに莫大《ばくだい》な金を手に入れる人も出てくる。熊谷先生の言葉によれば、「世界中の人間が、バクチに熱心になって、それで楽しい世界ができるのか」ということになる。

熊谷先生は工学部の出身で、情報科学については専門とも言える方である。その人が言われる言葉なので余計に説得力があるわけである。いつか、五木《いつき》寛之《ひろゆき》さん(1)と対談したときに、最近は「情報（インフォメーション）が大切」とよく言われるが、ほとんどの情報は「情抜き」で伝えられてくるので問題だ、と言われたことがある。つぎつぎと難しい事実は伝えられてくるのだが、それに伴《ともな》う感情抜きなので、大変なことを聞いても平気になったりする。情感が麻痺《まひ》してしまったりする。これは人間にとって実に重大な問題である。

ところで、私などはＩＴという字を見ると、ｉｔ（イット、それ）という英語をすぐに思いつく。と言うのは、今世紀の初頭に精神分析学を打ち立てようとしたフロイトが、「無意識」

というのを呼びようがないので、ドイツ語で「エス」（つまり、英語のイット、「それ」を意味する）と呼んだことを思い起こすからである。フロイトは、人間というものが、いかに自分の無意識（「それ」）によって動かされているか、ということを多くの例をあげて説明した。これこそ二十世紀における「ｉｔ革命」とも言えるほどの画期的な考えであった。

山田太一《たいち》[2]さんの『遠くの声を捜して』（新潮社）という小説は、人間がいかに無意識に突き動かされて動くものかをわからせてくれる名作である（山田さんはもちろん精神分析のことなどまったく意識せずに創作されたのだが、結果としてこのように読みとれるところに面白さがある）。そのなかで、主人公が不意に発作的に行動するときの体験を、「その時、突然それがやって来た。不意打ちだった」と表現されている。自分じゃない「それ」がやったのだ。

皆さんも、「我ながらまったく思いがけないことをしてしまった」とか、「我にもあらず」何かをした、ということはないだろうか。つまり、自分のなかの「それ」に動かされたのだ。というわけで、私のように心理療法やカウンセリングをしている者にとって、「それ」はきわめて大切である。そして「それ」はまた、創造の源泉でもあるのだ。発明や発見はまったく思いがけなくやってくる。つまり、「それ」からの贈り物である。

ところが、ＩＴはｉｔを伝えにくいのが問題だ。と言うと、そんなことはない、「Ｅメール」ではむしろ、言いにくいことを互いにどんどん言い合えるからいいのだ、と言う人があるかも知れない。確かにそれはある程度正しい。そして、実際に、電話、Ｅメール、テレビ電話などでカウンセリングをしている人もある。これらも、もちろんある程度の実績をあげていることも事実である。しかし、テレビ電話でカウンセリングをしている仲間に訊《き》くと、そこに特有の疎外《そがい》感があり「手が届かない」感じがあるという。そして決定的なのは、「沈黙を共有することがきわめて難しいことだ」という。

つかみどころのない「それ」に耳を傾けようとして、二人の人間が共に沈黙を共有する。これは、心理療法の中核にあると言っていいし、あらゆる深い人間関係の基礎にあることではなかろうか。これを無視してしまって、便利になったとばかり喜んでいたのでは、世の中だんだん人間味を失ってゆくのではなかろうか。

それにしても、ＩＴで株の売買に夢中になっている人は、ｉｔに動かされているとも考えら

れるし、ＩＴとｉｔのからみの難しさは来世紀の課題となることだろう。（二〇〇〇年 七二歳）

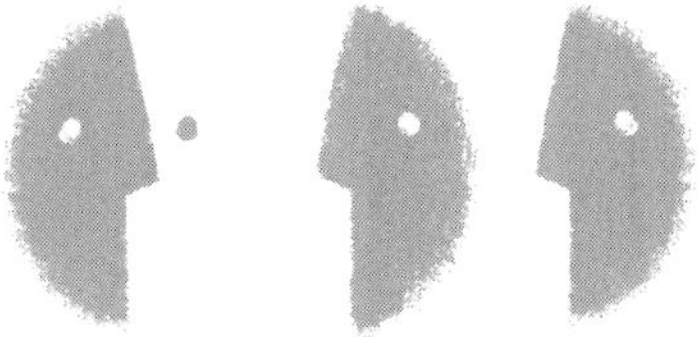

子どもの「時間」体験

私たちが生きていく上において、時間も空間も非常に大切なものだ。私という人間がこの世に「存在」していることを示す大切な指標《しひょう》として、時間と空間を用いる。一九七一年四月二十九日の午後三時に、私は自宅の書斎にいるというように表現する。

あるいは、子どもの帰りがおそいので気にして電話をかけてこられた母親に、幼稚園の先生が「十分前には、園を出られましたよ」と言われると、母親は「もう五分位で帰ってくるだろう」と安心される。つまり、十分前に自分の子が幼稚園の前に「存在」していたということがわかると、母親は幼稚園から自宅までの空間的距離と、それを歩いて帰ってくる時間とを測り、子どもの帰りを安心して待つことができるのである。

さて、このような大切なものであるが、ひるがえって考えてみると、時間も空間も何とつかみどころのないものだろう。いったい、この空間の「端」はどこなのだろう、時間の一番始めの「はじまり」はどこからなのだろう、考えだすと大変なことだが、私たち大人は、あまりこんなことを考えずに暮らしている。

ところが、子どもたちは案外こんなことを考えているらしい、「あの山の向こうに何があるのだろう」とか「空のもっともっと上には何があるのだろう」とか。そして、彼らは奇妙にも、こんなことを大人に聞いても仕方のないことも、何となく感じているらしく、なかなか大人には、言ってくれないものである。ある時小学生たちと遠足したとき、どの山にも森にも持ち主があることがわかってくると、そのうちの一人が疑問を提出した。人類が現われるまでは、どの山も森も誰のものでもなかったのに、どうして、今全部持ち主がきまっているのか、「そんなのは不公平だ」と言うのである。たしかに、言われてみるともっともなような気がする。本来は誰のものでもなかった土地を、勝手に区切ってしまって、それを個人の所有にしてしまう。そして、他人はその空間を自由に使用することができない。

この小学生の疑問がおもしろかったので、私は時間の方についても、同じようなことがいえるか考えてみた。たとえば、一九七一年四月二十九日の二十四時間というものをとって考えると、こちらの方は空間の場合と違って所有権争いをしなくてもよさそうである。これはニクソン大統領のものでもあったろうが、私のものでもあったし、あなたのものでもあったし、隣の犬のゼットのものでもあったわけである。

時間の所有に関しては、先ほどの小学生のように、不公平さを嘆かずにすませられそうである。これはなかなかおもしろいことである。幼稚園にあるブランコにしろ、誰かが占領すれば、他の子どもはそれがあくまで待っていなければならない。玩具にしても、誰かが使うと他の者は使えない。ところが、時間だけは、誰もが「自分のもの」であると主張しても、他人と取り合いをしなくてもよいものなのである。

しかし、困ったことに「私の時間」は勝手にどんどん逃げ出してしまうのである。きょうという日を、私がいかに無為《むい》に過ごしても、時間の方ではおかまいなしにどんどんと過ぎてしまって、きょうという日はもう二度と帰ってこない。ブランコに乗った子は、ブランコをゆすらずにぼんやりしていると、次の子にゆずることを強《し》いられる。玩具を持ってぼんやりしていると、「あいてたら貸してね」と誰かに言われるだろう。ところが、私がいかに無為に過ごしていても、その時間を他人が借りにはこないものだ。こうして、私を油断させておいて、時間は何食わぬ顔で過ぎ去ってゆく。

このように、つかみどころのない時間、すぐに逃げ去ってゆく時間を、もう少しはっきりとしたものにするために、人間は時間を区切ることを始めた。

時間を区切る

無限に流れる時間を区切ることを人間が考えはじめるためには、自然現象としての夜と昼、夏と冬などの体験がその基礎となっていることだろう。特に太陽や月の運行は、時を測るための大切な指標であったことと思われる。日の出と共に起きて働き、日暮れには家に帰って休む。このような生活にとって、時間の流れや、時間の区切りは自然のリズムと密接に関連するものであっただろう。このような状態のときに、人間の経験する「時間」は、彼の体感や感情と結びついたものとして、人格の深部にまでかかわりをもつものであったろう。

幼児の時間体験を観察してみると、なかなかおもしろいことが認められる。幼稚園にいる子どもたちは、どのように「時間を区切って」いるのだろう。幼稚園の庭の片すみで、かたつむりをみつけて、それが殻《から》からからだを出し、目を出して動きはじめるのを、いっしょうけんめいに見つめている子、この子はどんな時間を経験しているのだろう。かたつむりを見つめている間の「時間の区切り」は、いったいどうなっているのだろうか。

幼稚園が九時に始まるという場合、大人が考えるのと同じように、「九時に間に合うように」登園してくる園児が何人いるだろう。おおかたの子どもは、お母さんが行きなさいというままに、あるいは兄姉や友人たちにさそわれるままに、登園して来るのではないだろうか。だからといって、彼らは「時間の観念がない」とか、幼稚園はいつ行ってもかまわないと思っているというのでもない。彼らは彼らなりに、「おくれてはいけない」ことも知っているのである。

文明人は時計によって時間を測る。それによって、一日は二十四時間に正確に区切られ、共通の時間が設定される。これは多くの人間が社会をつくっていくためには、非常に大切なことである。これによって、われわれは友人と待ち合わせもできるし、学校も会社も、同一時刻に一斉《いっせい》に始めることもできる。映画の始まる時間、バスの時間、テレビの人気番組の始まる時間、これらすべてが決められており、われわれは共通の時間をきざむ時計を頼りにして生活している。時計の発明によって、人類はどれほど時間が節約できるようになったかわからない、本当に便利なことだ。

ところで幼児たちは、さきにのべたように大人のもつ時計によって区切られた時間とは異なる時間を生きているようだ。「きのう」とか「あした」とかの意味も、はっきりとしていない子もある。「また、あしたにしようね」などと言っている子も、それは厳密にあしたということをさすのではなく、「近い将来」を意味していることも多い。

あるいは、何かに熱中していたが、何かで中断しなければならなくなったとき、「また、あしたにしよう」と言うのは、このことを言うことによって、中断することを自《みずか》らに納得させようとする意味あいで言っている子もある。この場合の「あした」は、二十四時間の経過後に存在する時期などではなく、断念しなければならないという気持と、何か希望を残しておきたいような気持の交錯《こうさく》した現在の状況をのべている表現なのである。

道くさをしたために叱《しか》られる幼児たちが、悪かったという気持をあらわしながら、何とも納得のいきかねる表情をしていることがよくある。彼らも叱られながら、「おくれてしまった」「おそくなって悪かった」ということはよくわかっているのである。しかし、なぜおそくなったのだろう。「ぼくは何もしてなかったのに」、「ちょっと、だけ、おたまじゃくしを見てただけなのに」と思っているのである。たしかに子どもたちは「ちょっとだけ」何かをしていたのである。しかし、残念なことに、それは大人のもっている時計では、「一時間」も道くさを食っていたことになるのだ。

時間の厚み

おたまじゃくしを見ていた子どもが、一時間を「ちょっとの間」と思ったように、われわれ大人でも、同じ一時間を、長く感じたり短く感じたりする。恋人と話し合っていると、すぐに時間がたってしまって別れのときがくるのに、嫌《いや》な先生の説教は少しの間でも随分《ずいぶん》長く感じられる。時計の上では一時間であっても、経験するものにとっては、その一時間の厚みが異なるように感じられるのである。もちろん、時間そのものには厚みなどがあるはずがないから、あくまで、それを経験するものの主観として、厚みが生じてくるのだ。

何かひとつのことに熱中していると、時間が早くたっていくことは誰もが知っていることである。といっても、何かひとつのことをしていると、必ず充実した時間を過ごしたことになるとは限らない。たとえば、テレビのドラマなどを見るともなく見ていると、ついひきこまれて終わりまで見てしまう。終わってみるといつの間にか一時間たってしまっている。しかし、このあとでは充実感よりも空虚《くうきょ》な感じを味わうことだってある。時間は早くたったと感じられたが、その厚みの方はうすく感じられるのである。

あるいは、ひとつのことをしていても時間が長く感じられるときもある。その一番典型的な場合は、「待っている」時間である。誰かが来るのを待っているとき、われわれはなかなか他のことができない。そわそわしながら待つ、しかもその間は随分と長く感じられるのである。「待つ」ということだけをしているのだが、時間を長く感じてしまう。

これらのことを考えると、自分のしていることに、その主体性がどのように関係しているかにしたがって、時間の厚みが異なってくるらしいと思われる。「待つ」ことは、受動的なことである。その人がいつ来るかは、その人の行動にまかされているわけで、待っている方としては、ただそれにしたがって待つより仕方がないのである。これはテレビの場合でも同様である。テレビを見終わって充実感のない場合は、私たちがテレビを見たのではなく、テレビが私たちをひきこんでしまったのである。私たちは受動的に見ていたのだ。

　子どもがテレビを見すぎることはよく問題になる。たしかにテレビを見すぎることは、子どもが「与えられた映像」を受動的に楽しむことによって、主体的な時間をもたなくなる点に危険性が存在している。しかし、テレビの主体的な見方だってあるはずである。怪獣《かいじゅう》にしろ、チャンバラにしろ、子どもにとっては必ず経験しなければならない世界なのである。だから、それを見たいときには「主体的」に十分に見させることがいいのではないか。主体的に十分体験したものは、常に早く「卒業」する。

　ところが、いろいろと親の介入があって主体的にテレビを見ていない子どもは、なかなか卒業できない。いつも受動的にテレビを見て過ごしてしまう、時間は過ぎ去っていく、テレビはうつっている。主体はテレビや時間の方にあって、子どもは受身の立場に立ってしまっているのだ。ついでにつけ加えておくと、主体的にテレビを見させるということは、子どもの「見たいままに放任する」ことではない。放任の中から主体性は出てこない。

テレビは見たいが勉強はどうするのか、父親は野球が見たいが子どもは漫画《まんが》が見たい、これをどう解決するか。食事中にテレビを見ないのはわが家のおきてである。ところが、食事時間にどうしても見たい番組ができた。これをどうするか。

これらの葛藤《かっとう》と対決していくことによってこそ主体性が得られる。対決を通じて獲得した時間、それは主体性の関与するものとして、「厚み」をもった時間の体験となる。

ここに充実した時間体験の問題点が生じてくる。つまり、子どもに充実した時間を与えてやろうと思いすぎるあまり、一時間のうちに「このこともやらせよう」「あのことも教えてやろう」と思って、親や教師が熱心になればなるほど、子どもの主体性を奪ってしまうことになって、子どもはいろいろなことをしていながら、それは厚みのない時間体験になりさがってしまう。

私たちが、時計で測る「時間」にとらわれ、「能率」ということにこだわり始めると、「能率的教育法」という美名のもとに、子どもたちの主体的な時間を奪ってしまう危険性が生じてくるのである。

「いのち」と「とき」

この稿の出発点として、私は空間の所有権争いはあるが、時間は所有権争いをしなくてもいいとのべた。ところが、「子どもたちの主体的な時間を奪ってしまう」などということを書かねばならなくなってしまった。

人間社会というものはむずかしいものである。本来ならば各人が所有して取り合いをしなくてすむ「時間」も、人間関係ということが存在してくると、ややこしくなってくる。テレビのチャンネルの奪い合いのように、われわれは時間の奪い合いをしなくてはならない時だってある。このように考え始めると、幼児教育にたずさわるものはこわくさえなってくる。子どものことを考えて、何かしてやるつもりでいながら、結局は彼らの時間を奪うようなことをしていないだろうか。

限られた時間を奪い合うことを避けるためには、時間を共有することを考えねばならない。ありがたいことに、それを共有することによって、分け前が少なくなることはない。

時間は無限である。しかし、「私の時間」は限られている。人間一人一人のもち時間は、長短はあるにしろ無限ではない。時間のことを考えると、私たちは人の「いのち」のことを考えざるを得ない。幼稚園に来ている一人一人の子が、その「いのち」をもっているように、子どもたちはその個人の時間をもち、それを共有する場として、幼稚園にやって来る。このように考えると、幼稚園の子どもたちとすごす一瞬一瞬が、かけがえのない大切なものとして感じられてくるのである。

さりとて、前にものべたように、こちらが押しつけがましいことをすると、かえって子どもの主体的な時間をとってしまうことになる。個々の子どもの「いのち」の流れはその個性にしたがっているものだ。私たちはこちらからおしつけるよりも、その子どもたちのいのちがどのように流れるかを、見守ってみてはどうであろうか。入園した当時は集団のなかになかなかはいれず、いつも庭のはしの方に立っていた子が、日がたつにつれてだんだんと元気になってくる。そして、友だちがブランコをする下に立って眺《なが》めていたりするようになる。友だちの運動を楽しそうに、時にはうらやましそうに見ていた子が、ある日、とうとうブランコに乗ってみる。その時の彼の顔の輝きはどんなものだろう。この子が思い切ってブランコの綱にさわってみた「とき」、それは何と重みをもった「とき」であろうか。時間にも厚みがあるようだということはさきにのべた。ここに示した「とき」はそのような厚みの最高に凝集《ぎょうしゅう》されたものであり、限りない充実感をもっている。ブランコのひとふりひとふりに、その子は自分の「いのち」のリズムを感じたに違いない。

このような意味のある「とき」の体験は、教師がそのつもりになってみれば、幼稚園のあちこちで生じていることが認められるだろう。「先生、こんなところに毛虫がいたよ」と叫ぶ子ども、生まれてはじめて友だちの玩具をひったくった子ども、珍しい石を発見した子ども、その子たちの経験の一瞬に「いのち」の躍動《やくどう》がこめられている。そんなときの先生の態度や一言が、どれほど彼らに生きていることの意味の体験を深くせしめることだろう。大切な「とき」

は信頼し得る人と共有することによって、意味が倍加されるものだ。
子どもたちのこのような主体的な「とき」の体験を多くするためには、私たち大人は、できるだけ不要な干渉をせずに、「とき」の熟するのを待たねばならない。気の弱い子が自らブランコに手をふれるまでには、それ相応の時日《じじつ》を必要とする。「待つ」ということはつらいことだとさきにのべた。しかしこの場合、私たちは「待つ」ことの意味を知り、主体的に待つことができるのだ。その間に無為に時が流れ、私たちは受動的に待っているのではない。何もないように見えながら、その裏で時が熟していくのを私たちは知っているのである。よき教師は、退屈せずに主体的に「待つ」ことを知っている。そして、その「とき」がきたとき、私たちはそれを子どもたちと共有し、意味を確かめ、経験を共にすることができる。このときに感じられる「存在感」は、何時何分にどこにいたというような意味での存在を、はるかに超えたものとなっているはずである。

（一九七一年 四三歳）

子どもは物語が好き

　人間が赤ちゃんとしてこの世に生まれ、だんだんと大人に成長してゆく事実は、まったく素晴らしく、恐ろしいとさえ言いたくなるようなことである。生まれたときは、この世界に対して何の認識もなかったのに、現実を認知し、言葉を覚え、記憶、知識として形成し、貯蔵してゆく。その間に、自分自身の主体性を確立し、責任感をもった存在として、統合された人格をつくってゆく。これは、誰もがしていることではあるが、あらためて考えてみると、何とも偉大なことだと言わざるを得ない。

　このような人格形成の過程における、物語の役割ということについて、ここに考察してみたい。そのために、もっぱら子どもと物語について述べることになるが、それは結構《けっこう》、大人にとってても重要であることを認識しておく必要があるだろう。大人たちも心のなかに子どもをもっている、と言えるからである。

子どもが言語を獲得し、三歳くらいになると、何かにつけて「どうして」とか「なぜ」というのを訊《き》きたがる。「どうして木の葉がゆれるの」、「チューリップの花はなぜ赤いの」などというのから、一日に何度も「なぜ」を連発する子どもがいる。「木の葉は、風が吹くとゆれるのよ」と説明すると、それで満足する子もいるし、さらに「どうして風が吹くの」と訊く子もいる。親がうるさくなって、「いい加減にしなさい」と言いたくなることもある。

子どもがこのように質問をするのは、事実を事実として個別に認識するだけではなく、それらを関連づけ、それを自分にとって納得のいく形で体系化しようとするためである。ここに「体系」という言葉を用いたが、それは論理的なことだけではなく、それに伴《ともな》う自分の感情などすべてのことを含む「体験」を納得がゆくようにまとめあげてゆく「体系」である。

「一匹の犬がこちらに向かってくる」という表現は、既《すで》に大人としてのものであり、子どもがはじめて犬を見たときは、「!」とでも表現したいほどの体験であろう。そこには、驚きや恐れの感情が働くことだろう。しかし、そのときに共にいる信頼する大人(多くの場合、母親)が、別に怖がりもせず、「犬が来たよ」などというので、その子にとっては、「犬」という言葉を覚えるし、それほど大変でもないだろう。しかし、最初に体験した「！」というのが非常に大きいときは、それを単に「犬が来た」という表現で片づけることはできないであろう。

あるいは、子どもにとっては動かすことは不可能である机を、父親がかるがると移動させるのを見たときのその子の体験は、山を動かす巨人として表現するのが、一番ぴったりではなかろうか。子どもたちの生活は、「物語」に満ちている。

このように考えてくると、子どもたちが「物語」を好むのがよくわかる。それは、大人たちが時に感じるような「絵空事《えそらごと》」なのではなくて、「現実」そのものなのである。子どもたちの体験する「現実」を、もっとも適切な方法で表現しているのが「物語」なのである。嘘《うそ》と思う人は、子どもに何でもいいから物語を読みきかせてみることである。それを聞いているときの子どもの様子を見ていると、どれほど子どもがそれに惹《ひ》きつけられているかわかるだろう。そして、たとえば、桃太郎の話で、桃が「ドンブラコ、ドンブラコ、ドンブラコと流れてきました」というところを好きになると、自分で「ドンブラコ、ドンブラコ」と言って楽しむ姿に、物語から受けとめた興奮が、体中にひろがっていることがわかるであろう。好きな物語は、何度でも読んで欲しがるのは、すべての子どもに共通のことである。何度同じことを繰り返してもあきないのである。「子どもは仕方がない」などと偉そうに言っている大人も、「好きな物語」を何度も繰り返して喋《しゃべ》っているのに気がついているだろうか。威張《いば》っている上司をこっぴどくやっつけたとか、新しいアイデアで会社に貢献したとか、「自慢話」を家族や部下に対して、酔っぱらうたびに語り、「あー、例の話か」などと聞き手が思っているのを無視して喜んでいる。こんなことはまったくない、という人は非常に珍しいだろう。人間は生きてゆくために多くの支えを必要としており、このような自家製の物語は、その人を支える大切な柱のひとつなのである。

ある幼稚園で、まったく口をきかない緘黙《かんもく》の子がいた。家ではよく話をしているのだが、家の外に出ると一言も言わないのである。困り果てた担任が園長に相談すると、園長は、手がすいているときに、その子にいろいろと物語を読み聞かせることにした。はじめのうちは無表情に聞いていた子どもが、回を重ねるにしたがって表情がでてくるようになり、物語を楽しんで聞いているのがわかるようになった。園長先生の読み聞かせを楽しみに待っていることがよくわかるようになってしばらくした頃、園長が「むかし、むかし、あるところに、おじいさんとおばあさんが住んでいました」と言うと、その子が大声で、「おじいさんもおばあさんもいない!」と叫んだので、驚いてしまった。一言も言えなかった子が大声を出したのだ。

驚きながらも読みすすんでゆくと、ひとつひとつの文章ごとに、「おじいさんは山へ行かない!」「おばあさんは川なんか行かない!」と否定する。不思議に思ったし、何だかおかしくもあったが、園長先生は読み続け、その子はいちいち否定する。そのうちにたまらなくなって、園長がぷーっと吹き出すと、その子も笑って、顔を見合せて笑った。このときから、その子は幼稚園でも普通に話をするようになった。

緘黙児は、怒りや否定の感情をなかなか表出できず、そのために言葉も出せない状態になっていることが多い。この子の場合、否定文をまず叫んだ、というのもわかる気がする。ただ、そのような機会を与えるものとして、普通の会話でなく、「物語」が役立ったところが興味深いのである。この子のエネルギーを引き出すのに、物語がうまく役立ったのだ。

(二〇〇二年 七三歳)

昔話の残酷《ざんこく》性について

何が残酷なのか

昔話には洋の東西を問わず、そのなかに、いわゆる「残酷なシーン」が語られるものが多い。グリムの昔話を少し覗《のぞ》いてみるだけで、すぐに残酷な場面を探し出すことができる。たとえば「赤頭巾《ずきん》」では、赤頭巾ちゃんが狼に呑《の》みこまれてしまうし、「手無し娘」では、父親が自分の娘の両腕を切ってしまう。「ヘンゼルとグレーテル」では、両親が飢《う》えに困って子どもを棄《す》てる。この際、母親は継母《ままはは》ということになっているが、もともとの話は実母だったのを、グリム兄弟が書き直したものなのである（この点については、拙著《せっちょ》『昔話の深層』福音館書店を参照されたい）。

西洋に劣らず東洋の話も残酷に満ちている。「かちかち山」の狸《たぬき》は、お婆《ばあ》さんを殺すだけでなく、婆汁《ばばじる》をつくってお爺《じい》さんに食べさせたりするのである。これはあまり残酷なので「かちかち山」の絵本などでは、この点はカットされることが多い。ところが、「かちかち山」の原話のなかには、爺さんが婆汁を喰《く》ったというところで話がおしまいになり、兎《うさぎ》による仇討《あだうち》など語られないのもある。つまり、話の力点は婆汁におかれているので、ここを省略してしまうと話は成立しないのである。「猿蟹合戦《さるかにがっせん》」にしても、蟹が猿に殺されたり、仇討をする子蟹は猿の首をチョン切ったり、随分《ずいぶん》と残酷な戦いが行われる。

こんなふうに例をあげてゆけば切りがないが、このような昔話の残酷性に疑問を感じる人は、子どもに与えるときに話をつくりかえることになる。そもそも、グリム兄弟が、「ヘンゼルとグレーテル」や「白雪姫」などの実母を継母に言いかえた事実があるが、わが国で市販されている絵本などをみると、あまりにも安易な言いかえがあって驚いてしまうのである。首をチョン切られるはずの猿は泣いてあやまって許され、「平和共存」という結末になることが多い。この「書きかえ」の問題については、後に論ずることにして、ここではまず「残酷」とはいったい何かについて考えてみることにしよう。安直な「平和」を念頭に粗雑《そざつ》な絵本をつくった人は、それを読まされ聞かされている子どもたちの魂《たましい》が、退屈で窒息《ちっそく》しそうになっているのを御存知だろうか。面白くもない読物を、「ためになる」からと読み聞かせる母親は、だまして婆汁を飲ませる狸とあまり変わらないことをやっているのではなかろうか。大人たちは知らず知らずのうちに、どれほど残酷なことを子どもたちに対してやっているかを自覚しなくてはならない。

昔話が心の深い層に生じる真実を語っていると考えてみると、昔話に語られる「残酷」なことは、むしろ日常茶飯事《さはんじ》に生じていることが解《わか》るのである。娘が他の人々と交際するのを厳しく禁じている父親は、娘の「両手を切っている」と言えないだろうか。子どもを「喰いもの」にしている親など沢山《たくさん》いるし、「ガラスの棺《ひつぎ》」に閉じこめられている女の子も存在する。それに、子どもたちは成長してゆくためには、内面的には「母殺し」や「父殺し」をやり遂《と》げる必要があるとさえ言えないものだろうか。このように考えると、大人は多くの「残酷」なことを日常的にやりながら、それについての話を禁止したり、言いかえたりしてみても、わが国の戦時中の検閲《けんえつ》のように、いくら厳しくしても最後には、もっと馬鹿《ばか》げた形で馬脚《ばきやく》を現わしてしまうことになる、と思われるのである。

子どもたちは知っている

既《すで》に述べたようなことを、子どもたちは実のところ、よくよく知っているのである。しかし、ここに「知る」と述べたことに関しては、少し注釈しておかねばならない。大人が一般に「知る」と言うときは、どうしても知能のはたらきの関連が強すぎるのである。自分のもっている知識体系にそれをいかに組み込むか、いかに照合させるか、によって「知る」ことが生じる。狸というと、それは動物であること、猫ぐらいの大きさであること、山里に住んでいることなどという知識との照合の上で「知っている」と言う。しかし、子どもたちは違っている。狸ということに対して、彼らは全人的に反応する。彼らは狸が単なる動物であって化けものでないことを知っているが、それと同時に、それはずるい奴《やっ》であり、だます奴であること、それは山里のみではなく都会にも自分の心のなかにも住んでいることを、頭ではなく、何となく感じとっているのである。子どもたちの「知」は全人的である。それは生きた知である。

可愛《かわい》い赤頭巾ちゃんの前に狼が正体を現わし、丸呑みにしてしまうとき、子どもたちは自分の経験に照らして、それを「よくあること」として体験しているのだ。「婆汁」なんてものが、多くの家庭でよく夕飯に出されていることを、彼らはちゃんと深い知恵として知っているのである。そして、もっと素晴らしいことに、それは外的現実としては起こり得ないことも、ちゃんと知っているのだ。かちかち山の話を聞いて、お婆さんの味噌汁をつくろうとした子どもが、かつていただろうか。猿蟹合戦の話を聞いて、自分の同級生の首を鋏《はさみ》でちょん切ろうとした子どもがいただろうか。このような点に関しては、大人たちは、もっと安心して、子どもたちの知恵に信頼を置いていいのである。不安の強い大人ほど、子どもを信頼することができない。「子どもたちのために」残酷な話をマイルドな形に書きかえている大人たちは、内的真実に直面することによって生じる自分の不安を軽くするために、そうしていることに気づいていない人が多い。いくらごまかしてみても、子どもたちは知っているのだ。

残酷な話をしたからと言って、子どもが残酷にならないということは既に述べたが、それでは、残酷な話を一切しなかったら、子どもはどうなるであろうか。その反応として、まず考えられることは、子どもが自《みずか》ら残酷な話をつくり出すということである。実はこれは極《きわ》めて健康な反応なのだが、大人の方でこのような経験をもったことを覚えておられる人もあろう。親があまりにも「衛生無害」の話のみを与えるとき、子どもは残酷な話を空想したり、どこか他人のところで、そのような残酷な話を探し求めてきたりする。子どもたちの魂は限りない自由を欲している。

親があまりにも「衛生無害」の話のみを与え、子どもがそれに反発する力ももたず、人工的な「いい子」がつくりあげられるとき、その子は思春期頃になると、急激に反転現象を起こし、親に対して「残酷」な暴力をふるったりすることは、最近急増してきた家庭内暴力の事件によって、皆さんよく御承知のことと思う。子どもたちは「残酷」な話を聞きながら、それを内面的に知り、その意味を自分のものとしてゆくので、やたらと残酷なことをする必要がなくなるのである。残酷さに対して何らの免疫《めんえき》もない子が、残酷さの犠牲《ぎせい》になるのである。

物語ることの意味

昔話のなかの残酷さを肯定することは、残酷さそのものを肯定しているのではない。しかし、既に述べたことであるが、昔話のなかの残酷さが、子どもの残酷性を刺激することは、まったくないことだろうか。この点に関しては、やはり、物語ること、および、その語り手の重要性を指摘しておかねばならない。外的真実は書物によっても伝えやすいが、内的真実は人から人へと、あるいは、人の魂から魂へと直接に語りかける方が伝わりやすいものである。従って、昔話は「物語」られるときにこそ、最大限の効果を発揮し、語り手が既に述べたような残酷性の意味を明確に知っているときは、いくら残酷な話をしても問題はないというべきである。ここでも「知る」ということは全人的な意味で言っているが。

昔話が人から人へと物語られるとき、それは内的真実を伝えるものとなる。子どもたちはその話のなかの残酷さや怖さに、キャーと叫んだりしながらも、そこに存在する人間関係を土台として、その体験を消化し自分のものとしてゆくのである。それでは、昔話が書物になっている場合はどうであろうか。昔話は本来語られるものであって、読まれるものではない。しかし、子どもがそれまでに自分の存在を支えるよき人間関係を獲得しているとき、子どもたちは自分で読みながら、「語りかける声を聞く」体験をしているものと思われる。昔話というものが長い年月を経て出来あがったものだけに、極めて普遍性の高いものであり、どこかで心の深みと響き合う性質をもっているからである。しかし、このような人間関係の基盤の弱い子が、昔話を読むときは、強い不安に襲われたりして悪影響を受けることも考えられる。

書物でも少し難しいのに、これが絵本やテレビとなると極めて難しいこととなる。それは、子どもが話を聞いて、自己の内的現実としてのイメージをつくりあげる前に、外から映像を与えてしまうからである。それは、ひとつの外的現実として与えられてしまうことになる。したがって、昔話の絵本を作るためには、相当な配慮と技術が必要となってくる。おきまりのイメージを子どもにおしつけるのではなく、子どもの持つイメージを、より豊かなものへと広げてゆくような絵本が望まれるのだ。果たして、昔話の絵本を作る人に、それだけの自覚を持つ人がどれだけあるだろうか。

テレビはテレビ向きの素材をいくらでも持っているし、新しい時代にふさわしい物語はいくらでもつくれるであろう。昔話など映像化する必要など何もないし、子どもたちがせっかくつくりあげる個性的な世界を壊してしまうだけになろう。テレビで昔話の残酷なシーンなど見せても害があるだけだと思われる。それにしても、昔話のなかの残酷さを真に意味あることとして、子どもに「語りかける」ことのできる語り手は、現在どのくらいいるのだろうか。

（一九八二年 五三歳）

物語とたましい

私の物語好きのわけが、相当な年月を経てやっとわかってきた。私がユング心理学を学ぶようになったのは、むしろ偶然と言っていいだろう。私が臨床《りんしょう》心理学を学ぶためにフルブライト留学生としてアメリカの大学で学ぶことになったとき、そのころに熱中していたロールシャッハ・テストの大家《たいか》として、ブルーノ・クロッパー教授を指導教官に選んだところ、彼がユング派の分析家だったのである。当時のアメリカで、心理学の正規の教授だったユング派の分析家はただ一人、クロッパーだけだったのではなかろうか。その導きによって、私はユング心理学を学ぶことになり、ユングの心理学こそは、「物語」を極《きわ》めて重視する珍しい心理学だったのである。

スイスのユング研究所に学ぶことになり、そこでフォン・フランツの「昔話の心理学」を聴いたときの感激は、今も忘れることはできない。それはユング研究所のなかでも一番人気のある名講義だったが、私にとって、「昔話」を正面から学問として取り扱っているということ自体、嬉《うれ》しくてたまらぬ上に、その内容は私が子ども時代からいろいろと考えてきた疑問にどんどん答えてくれるのだから、まさに胸をおどらせて聴講したのである。

ユング心理学を通じて、物語の重要さを知り、自分の日々の臨床経験を基《もと》にしてわかってきたことは、物語こそ「人間のたましい」に深くかかわるものだ、ということであった。「たましい」という言葉を用いることによって、物語に対する自分の強い関心の謎がとけたように思った。しかし、考えてみると、たましいこそ謎に満ちた言葉ではないか。

たましいについては、子どものころに「大和魂《やまとだましい》」という言葉をさんざんに聞かされ、嫌《いや》な思いをした上に、敗戦のときは、このような非合理なことを言うから戦争に負けたのだと思い、大和魂はもちろん、魂などという言葉には強い反撥《はんぱつ》を感じるのみであった。理科系の学問をして、大学は数学を専攻し、日本人にとって最も大切なものは、合理的精神であると思っていたが、この間も物語に関する興味を失ったわけではなかった。しかし、この時代でも、魂という語に対するアレルギーは強かった。

心理療法という仕事に専念することになってわかってきたことは、人間の生き方、人間の心を対象とする限り、常に不可知《ふかち》なXとでも言うべき存在に、心を開いていなければならない、ということであった。相談を受けたとき、私の知識や考えや、すべてのものを動員するにしても、「わかった」と思うときが最も危険であった。私なりに相当な了解がつくときでも、「わからない」という窓を常に開けておく必要があったし、多くはそこから解決が訪れてくるのであった。いくら頑張《がんば》ってみても、人間が生きているということは、人間の理解を超えたXのはたらき、ということを無視するわけにはいかない。

いくら割り切って考えようとしても——実はそれは子どものころから好きだったのだが——割り切れずに残るものがある。どうせ大したことはないのだから、とそれを無視した途端《とたん》に、それまでの割り切った考えがいかに見事に構築されていたとしても、それは生命力を失ってゆく。割り切りを許さず、生命力の源泉とも言えるのだが、そのもの自体を直接に把握《はあく》することができないもの、それを「たましい」と呼んでみてはどうだろう。たましいのはたらきは、人間の生きている上に常に関連している。しかし、それ抜きで考えていても、普通はあまり困ることはない。ところが、そんなものはない、とあまりにも強く断定したため、困った状況に陥《おちい》った人が、私のところに相談に来ることが多いのではなかろうか。そこで、私はその人と共に、たましいのはたらきを認められるようになるのを待つ仕事をしている、と言えそうである。

人間がたましいをもっている、というよりは、「たましい」のなかに人間が存在しているという方が適切か、と思うこともある。それを直接にとらえるなどということを、人間ができるはずはない。

たましいのことについて他人に伝えるのに「ものがたる」ことが一番適切なように思う。もちろん、非言語的に、絵画、音楽、踊り、などによっても伝えられる。しかし、言語を用いるときは「物語」がピッタリである。私が子どものころ、西洋の物語に心を奪われたのは、「たましい」というもののとらえ難い感じが、自分にはどうしても手の届かないこととして語られていることに、よく呼応していたからだと思う。この世のどこかにはあるのだが、自分が手に入れることのできないもの、という意味において、私の「たましい」に対する関心と適合していたのだろう。

もちろん、子どものころは、ここに述べた意味における「たましい」のことなど意識するはずもなかった。しかし、子どものころからずうっと意識している「死」の問題として、それは私の心のなかに位置づけられていたのだろう。己《おのれ》の死をどう受けとめるか、ということは私にとって常に大きい問題であった。いくら考えてもわかるようなことではなかったが、これは「たましい」と深く関係していることだ。私は「死」の問題を通して、ずうっとたましいのことを考え続けてきたことになる。

それにしては、数学などどうしてすることになったかと言われそうだが、数学もたましいの構造についての研究の一種と見なすことはできるようだ。あまり御門《おかど》違いではなかったと思うが、私に才能がなかったのと、私があまりにも人間の生き死にや生活の具体的なことに対する関心が強すぎたので、こんな道を歩むことになった。大人たちの世間話に耳をそばだてていただけのことはあった。そして、心理療法の経験を積むにつれて、日常茶飯事《さはんじ》についても、たましいが関連していることがだんだんと実感されるようになった。遠いヨーロッパの物語のみならず、日本の日々の生活のなかに「たましい」が関連する物語がたくさん生み出されていることが、わかってきたのである。

（二〇〇三年 七四歳）

民話と幻想

幻想の世界

ここに与えられた課題を考察してゆく上において、民話も幻想もその概念の外縁《がいえん》が不明確であることに、まず気づかされる。民話と類似の用語に、昔話、おとぎ話があるし、伝説との関係はどうなるのかなどの問題も生じてくる。これらの用語については学者によっても異なるようであるが、本論では民話をできるだけひろく解《かい》して考察し、伝説についても必要なときは言及してゆこうと思う。

本論で民話をどのように規定するかは、それほど問題ではないと思われる。しかし「幻想」ということをどう考えるかは、本論の本質にかかわる事柄である。というよりは、以後に述べられる論議によって、ひとつの幻想論を展開しようとしていると言うべきかも知れない。

「幻想」について考える出発点として、まず、新村出編『広辞苑』（第二版）を引いてみることにしよう。そこには「現実にないことをあるように感ずる想念。とりとめもない想念。妄想」と書かれている。これは、幻想ということについての一般的な考えや態度を、はっきりと示しているものと思われる。それは「とりとめもない」ものであり、時には「妄想」とも同一視される。もっとも、われわれ心理学者は、このような用語の使用には厳格であり、妄想というときは、それが「訂正不能」な場合に限定している。つまり、その内容が外的現実と異なることを指摘しても、本人がそれを正しいと固執《こしつ》する場合である。もっとも、実際的にはこの判別もそれほど明確にはされ難いものであるが。

ところで、『広辞苑』に示されているような幻想に対する考え方は、それが「現実にないこと」という点で、どこか低く評価されている感じを与える。しかし、ここで、「現実にないこと」が、まったく現実に関係のないことと速断することは禁物《きんもつ》である。幻想がどれほど「現実に関係している」かを示すために、ここにひとつの例をあげたい。

われわれ心理療法家は子供の治療をするときに、子供と一緒に遊ぶことが多い。自由な遊びを通じて子供の内面を理解するのであるが、このようなときに子供が「幻想の世界」を開示してくれることがよくある。次に示すのは、ある治療者が十歳の男子に行った遊戯療法の報告に示されているものである。(1) この子供は治療者を相手として、まったく劇的なお話を展開する。

砂場の一隅に彼の家が作られるが、これは外観は普通の家だが、その地下はウルトラホークの基地になっている。治療者の家は別にあるが、それがゴジラによって襲われる。そこで彼は治療者を薬で眠らせて、その間に地下基地が厳粛《げんしゅく》に浮上《ふじょう》し、ゴジラをやっつけてしまう。治療者はそれを夢うつつの状態で眺《なが》めているが、目覚めたときは何もかも普通の状態になってゴジラがいなくなっている。同じことが繰り返されて、遂《つい》に治療者は不思議に思い彼の家に行くと、そこは誰もいず、内部は「ウルトラの国」になっている。治療者はあまりにも不思議だったので、彼の家の二重構造を「近所の人達」に話すが、誰にも信じられず嘲笑《ちょうしょう》され、遂には自分の住むマンションから追い出されてしまう。

このお話にはテレビ文化の影響が十分に認められるとは言え、なかなか面白いお話を子供が演出するのに感心される人もあろう。しかも、この子供が極端な学業不振で、教室ではぼんやりと鉛筆を噛《か》んで座っているだけの子供だと知ると、ますます驚かれるのではないだろうか。この子供は知能検査をしてみると、普通以上の知能をもっていることが解《わか》ったし、前記のような遊びの内容からみても、普通以上の能力をもった子供であることが推察される。

この子供の能力を知る治療者としては、そのことを彼の家族や学校などに伝えようと努力をするが、この子の普段の姿を見ている人々にとっては、それはどうしても信じることのできないことで、治療者の努力はまったくむなしいものとなってしまう。治療者はマンションから追い出されはしなかったものの、「近所の人達」の嘲笑の的《まと》にされることになった。

治療者はこのことを、「彼の遊びを自分に与えられた予言的な警告として痛切に思い出す」と記している。また、「セラピストは彼の内的世界を見た人間なのだが、それを充分に理解も出来ず、また、他の人々に彼の心を通訳しようとしても効を奏《そう》さない、哀れな通訳者なのである」とも述べている。

このような例に接すると、われわれは幻想を、現実と無関係のものとか、「とりとめもない」ものとして簡単に棄《す》て去るわけにはいかないのである。しかも、このような子供達と遊戯療法の場面で接するとき、われわれは彼らの幻想の世界のもつ迫力に打たれることが多い。われわれはただその強さに引きずられ、彼の幻想の世界の一員として、彼の命じるままに動くしかない。そこでは、こちらの主体性を働かせて行動することが非常に困難であることを感じるのである。このようなとき、われわれは、幻想の世界のもつ自律性ということを感じざるを得ない。それはそれなりの法則に従って動いており、われわれはそれを自由にコントロールできない、嵐の中の小舟のようなものである。

幻想の世界と現実とのかかわりを示す他の例として、ユング派の分析家のディークマンが、ノイローゼの患者について、その人が幼時に好きであった物語とその人の症状や生活史との関連が深いことを示す論文を書いている。(2) ディークマンの取りあげている例は、民話のみならず、アンデルセンの童話なども含まれているが、幼児期にある人の心をとらえた幻想の世界が、その人のその後の生き方と深く関連していることを明らかにして、興味深いものである。

民話・夢・幻想

幻想の世界が、われわれにとって重要なものであり、それ自身の法則を有するほどの存在であることを示したが、これについてもう少し詳しく考えてみよう。

最近における深層心理学の発展によって、われわれは人間の心には自《みず》ら《か》意識し得る範囲を超えて、無意識的な心的過程が存在することを認めるようになってきた。外界をわれわれの心は認知し意識する。しかし、それは外界そのものではない。それは外界をわれわれなりに意識し把《は》握《あく》したものである。外界に対する人間の認知の方法と、それを利用して逆に外界に働きかけてゆくことは大いに発展し、自然科学の体系として人間の意識を豊富にしてきた。

これに対して、筆者は人間の内界というものもまた存在すると考えている。既《すで》にあげた子供の遊びの例において、治療者は「内的事実」という表現を用いているが、それも同様のことを指すと考えられる。ただここで少し厳密な言い方をすると、ある個人が自分の内界をその人なりに意識し把握したことと、内界そのものとを区別しなくてはならないだろう。それはわれわれが外界そのものと、外界を意識し認知していることを分けて考えるのと同様である。そこで、われわれの意識内容はある程度の統合された体系をもち、それが各人の自我を形成している。自我は内界と外界を認知し、それらの調和の上に立って存在しているが、外界にも急激な変化が生じるように、内界においても変化があり、それらを自我が把握するとき、それは多く「幻想」という形態をとることになる。

自我は特に覚醒時《かくせいじ》には外界の認知が重要なので、もっぱらそちらの方に比重をかけているが、睡眠時には、むしろ内界に対して「目を開く」ことになる。かくて、夢はわれわれがその内界を知るための強力な手段となってくる。次に、民話との関連を考える上において好都合《こうつごう》と思われる夢をひとつ示す。これは既に発表したものであるが、(3) 民話的な主題をもつものとして適しているので、ここに取りあげることにした。この夢を見た人は四十歳代の女性である。

「(夢の前半はどこかで講義を聞いているところ、帰るときにその先生がいたずらっぽい顔をして『狼が出るぞ!』という) 私は一人で別の方へ帰る。ガラス障子《しょうじ》でとり囲んだ縁側が座敷のまわりにあって、私はそこへ出て来る。そこから外へ出るつもり。お寺の座敷のような感じ。何だか寝ている。見ると白い狼の子、やあいるな! と思う。もう一匹先のとがった耳をした灰色と白のまじった狼の子がいる。耳が灰色で目がするどく、その狼の方が活発そう。もう二匹共ちゃんと座ってこっちを見ている。私はその二匹に何やかや言って煙《けむ》にまいて、ぽかんとしている二匹の頭をなで、そのあとで頭をぽんとたたいて『ちゃんと番をしてたら、たんと桃の実ができるからね』と言う。二匹は神妙にしている。私は急いで外に出て、外からガラス戸をきちっと閉める。嚙まれると怖いから。そして山を下りてゆく。

山道の途中で下から上って来る旅人に化けた親狼に出会う。旅人は挨拶《あいさつ》して『途中で狼にお会いになりませんでしたか？』ときく。もし私が弱いものだったらすぐ食べてしまうつもり。私は『会ったとも！　二匹来たから一匹ずつ団子にしてペローリ、団子にしてペローリと食べてしまうたわ、うまかったな！』と言って手の平で団子を丸める真似をする。それからまた私は『あんまりうまかったので、もし途中で親狼に出会ったら、団子にしてペローリとやりたいと思ってる』という。旅人は私の手を嗅《か》いでみて、本当に狼の臭《にお》いがするのですっかり本当にして、びっくり仰天《ぎようてん》する。そして食べられたら大変だと思って大急ぎで『さようなら』と出て行ってしまう。

私は親狼に気づかれないようにまた引き返して、さっきの家まで行ってしのびこむ。そして馬鹿《ばか》な狼共をいいかげんなぶってから、雨が降って夜になって、真暗になって、しかも家中に水がついたとき、長い棒で遠くから一匹ずつ狼の頭をなぐる。狼は『おやお前たたいたな』、『お前こそだ』と言い合って、みなお互いにけんかを始める。その間に私はみかんを山ほど、私の前掛《まえかけ》に包み込んで、その家をゆうゆうとぬけ出て帰る。」

この夢の主人公は狼をうまくだましてやっつけてしまうが、その愉快な有様は民話さながらのおもむきを感じさせる。狼の親の方も旅人に化けたりして、人間をだまそうとするのだが、主人公の方の知恵がはるかにそれにまさっていて、狼を散々な目に合わせる。これは、人間をよくだます狐《きつね》を逆にだました民話の主人公の彦市どんの話などを思い起こさせる。(4) この夢を見た人は、まったく真面目で冗談やいたずらなどとは程遠い生き方をしてきた人である。あまりにも人間の自然の感情の流れを抑制《よくせい》して、真面目に生きようとし過ぎたため、この人は神経症的な症状に悩まされるが、長い分析を経た後に、この夢が生じてきたのである。この夢を見て、この人は非常に快適な気分を味わったと言うが、まったく、この夢は自然の笑いをさそうものをもっている。

この夢をこの人の「内界」の状態を示すものとしてみるならば、この夢の中の狼は、この人の心の中の動物的な、それも荒々しい側面を示しているものと思われる。そのような面とは「切れた」存在として、この人の抑制の強い自我は神経症に悩まされていたが、それを克服してゆく上において、内界にひとつの変化が生じてきたことを、この夢は示している。自我は動物的な側面との接触を回復する。しかし、親狼が人間の弱さにつけこんで食べてしまおうとしているように、もし自我が弱いときは、この動物的な傾向は自我を崩壊せしめるほどの強さをもっていることが示されている。幸《さいわい》にも、主人公の知恵はそれを上まわり、彼女はこれらの仕事の後で文字どおり望ましい果実を得て（みかんを山ほど獲得して）、狼の家を去ることができたのである。

このように見てゆくと、このような「幻想」の物語が人間の内界を記述するのに、真にふさわしいことが納得されるであろう。これは、ある個人のある時の内界を記述するものであるが、このようにして生じてきた幻想が、個人的体験を超えて、何らかの普遍性を持つとき、それは人々の間に語りつがれて定着してゆくことが考えられる。時にはある個人の夢や幻想体験が基《もと》となって、民話や祭式などができることさえあることを、ユング派の分析家で昔話の研究家であるフォン・フランツは指摘している。(5) かといって、多くの民話がすべて夢と関連しているという暴論を吐くつもりはない。ここに強調したいことは、それが内界の記述という点において、似通《にかよ》った心理的機能を有しているということである。

このような観点から見れば、夢と民話は人間の無意識界についての情報を提供する共通の資源と考えられる。もっとも、夢の場合は、その夢を見た個人の状態に影響されるが、民話の場合はそれぞれの生まれでてきた文化や時代の影響を受けていると考えられる。その民話が時代や文化を超えて存在するとき、その内包するものは、人類にとって共通の要素を多くもっていると考えられる。

全体性の回復

人間の自我は外界を認知し、それについての体系的な知識を有するのみではなく、その内界に対しても開かれ、それとよき接触をもつことが必要である。さもなければ、われわれの自我存在は根無し草のように、頼りないものとなってしまう。

福田晃氏は山村における調査を重ねてゆくうちに、多くの人達が未《いま》だに、河童《かっぱ》などの「妖怪」の存在を信じている事実に触れ、「大都会の生活にもふれ、近代兵器を手にする青年が、山間に幻想された妖怪を依然として信じていることの意味は何であろうか」と問うている。(6) そして彼は「やはりそれは共同の体験なればこそ継承保持される心意であったと言わねばなるまい。が、しかし、その根因として、かかる山間の生活が、所詮《しょせん》は自然の神の声を聞かずには、一日とても許されぬものであったということを挙《あ》げねばならないと思うのである」と述べている。つまり、この山村における妖怪たちは、人々がいかに近代的な機械文明に接しようとも、なおその山深い村の中に全体として切り離されることなく存在してゆくためには、どうしても必要なものであった。これによって、人々は自然と断絶した存在とはならず、「自然の神の声」を聞くことができたのである。

このことは、先に例としてあげた女性が、その自我と内界との接触を回復するために、民話の世界さながらの、狼たちと活劇を演じる夢を見なければならなかった意味を明確にするものである。彼女は狼をだましたり、たたいたり、笑ったりしながら、自分の肉体性を取りもどす体験をしている。常に規範を守り抑制して生きてゆく生き方は、ここに忘れられていた半面を得て、その全体を回復する。幻想の世界は、人間の意識が合理的に論理的にその体系を構築しようとするとき、その存在を深く基礎づけ、全体性を回復させる働きをもって出現するのである。

ここで注目すべきことは、妖怪の存在を信じている人々を批判することは容易であるし、われわれ近代人は簡単に今さら、河童の存在を信じることができないということである。妖怪の存在をそのまま信じることは、外界と内界の事実を容易に混同していることとして非難される。特に、近代の自然科学の発展によって、われわれの外界に対する知識は極《きわ》めて正確となり、そこに内的事実を投影することが非常に困難となってきた。しかしながら、幻想の世界を、それが外的事実と異なるという理由によって、全否定するならば、その失うところはあまりにも大である。幻想を全否定した近代人は神経症という怪物に悩まねばならない。

たとえば、最近よくある癌《がん》恐怖症などはその典型であろう。癌になっていないのに、自分勝手にそう信じこんで心配する。医者の診断を信じられず、あちこちの医者をわたり歩く。確かに癌という病気が存在することは近代科学によって証明されている。しかし、彼が癌であるということは「幻想」である。妖怪の存在を全否定し、近代的に生きているはずの人が、そのような「幻想」を支えとして生きてゆかねばならないのだから、真に情ない話である。これも言い方を変えれば、この人生の半面のみを生きている人の全体性を回復せしめるための、心の内界からの一つの反応とみることができるが、あまりにも貧困《ひんこん》な「幻想の世界」と言わねばならない。

われわれ心理療法家としては、このような人に対して、癌を恐れるのではなく、恐るべき妖怪がいかに彼の内界に存在しているかを共につきとめ、豊かな幻想の世界を見出《みいだ》すことによって、彼の外界を裏打ちしてゆこうと努めるのである。

一時民話ブームとでも言うべき傾向があり、それも消滅したかに思えたが、民話に対する関心はその後もずっと続いており、現在ではまた静かなブームとでも言いたい落ちつきをもって、その関心の高まりが認められる。これはおそらく、今まで述べてきたように、現代のあまりにも一面化した意識を補償し、全体性を回復しようとする人間の無意識的な希求の顕現《けんげん》と見てよいのではなかろうか。今世紀において、『指輪物語』という途方《とほう》もない幻想の世界を創り出し、多くの人々の心をとらえたトーキンは、回復ということについて興味深いことを述べている。(7)

「回復とは（健康の回復と再生とを含めて）とりもどすこと――曇《くも》りのない視野をとりもどすことです。とはいうものの、私はそれが『ものをあるがままにみること』であるなどといって、哲学者たちの仲間に加わろうとは思いません。あえていうなら『私たちがみるように定められているようにみる』――私たちと切離《きりはな》してものをみる、ということになりましょうか。私たちは窓をきれいにすることが必要です。」

このような目をもって、われわれが幻想の世界を見るとき、それは現代人にとってかけがえのない知識を供給してくれることになろう。そして、民話こそは時代を超えて人間に共通な、人間の内界の事実を物語るものとして、得難い資料であることが明らかになるであろう。民話に対してこのような視線をもって接するとき、それは、民話ブームを単なる逃避や、珍奇《ちんき》なものへの関心などに陥《おちい》らせることなく、現代人の全体性を回復しようとする働きとしての重要な意味をそこに見出すことになろう。そのためには、幻想をとりとめもないものとするような「曇った窓をきれいに」して、「私たちがみるように定められているように」、民話の世界を見直すことが必要であろう。

（一九七六年 四八歳）

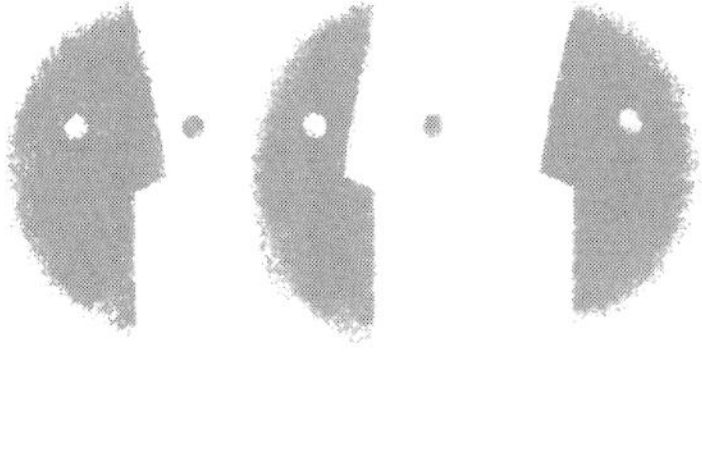

影の世界

一、都市の影

どのような存在にでも影はつきまとう。影を失ったものは平板化されて二次元の世界に閉じこめられ、その実態性を失ってしまうであろう。われわれの住んでいる都市も、もちろん影をもっている。もっとも「都市の影」というテーマは、あまりにも明白すぎて、興味をそそらないのではないだろうか。スラム、売春、暴力団、それらは都市にはつきものであるし、毎日の新聞を見れば、そのような話題に事欠《ことか》かないのである。

そこで、話をすすめる前に、影の意味について、もう少し掘り下げて考えてみることにしよう。

地下道の夢

日中の光に満ちた世界に対して、夜は影の世界である。そして、夜眠ってからみる夢は、まさに影との出会いをアレンジしてくれる。われわれ心理療法家は、お会いする人の影の存在を知るために、夢を聞かせて貰《もら》うことが多い。次に示すのは有名な分析家ユングの高弟であるフォン・フランツ女史があげているものである（ユング編『人間と象徴』より）。四十八歳の男性の夢である。

「私は、町に非常に大きい家を持ち、そこに住んでいた。しかし、家の各部屋が、どうなっているかまだ知らなかった。そこで私は家中を歩いてみて、主として地下に、いくつかの部屋をみつけた。その部屋について私は何も知らず、そこには、他の地下室や地下の道路に通じる入口さえあった。その入口のあるものは鍵がかかっていず、あるものには錠前《じようまえ》さえついていないのをみて、私は不安に感じた。その上、何人かの労働者が近くで働いており、彼らは、忍びこんでこようと思えば忍びこめるのだ。私が一階へ上ってきて裏庭をとおったとき、そこにも街路や他の家に通じる入口があるのをみつけた。それらをもっとよく調べようとしたとき、一人の男がやってきて、大声で笑いながら、私たちは小学校からの古い仲間だと言った。私も彼を憶《おぼ》えており、彼が自分の生活について話しているとき私は一緒に出口のほうに行き、街路をぶらぶら歩いた。

その空間には奇妙な明暗の対比があり、そのなかの大きな循環道路を歩いて、われわれは緑の芝生《しばふ》のあるところに到達した。そのとき、突然、三頭の馬が駆け去っていった。その馬は美しく、たくましく、野生のだがよく手入れされ、その上には誰も乗っていなかった。(それらは、軍隊から逃げてきたのだったろうか)」

これは、夢を見た人の影と関連の深い夢である。夢分析の大家《たいか》であるユングは、夢の中には、その人の今まで「生きて来なかった半面」がよく顕現《けんげん》することを指摘し、それを「影」と呼んでいる。この夢では、家に忍びこんで来るかも知れないと不安を感じさせる労働者や、小学校時代の仲間などがそうである。(彼は夢を見た人と正反対の性格であることが連想の中で明らかにされる)

ところで、この夢をここにわざわざ取りあげたのは、この家が地下室からまるで迷路のような地下道に通じていることと、夢の最後に放馬《ほうば》が登場することからである。つまり、われわれの家というものは、案外、影の世界において地下に開かれているものなのである。そして、われわれが影の世界との接触をはじめると、そこに野生的な馬が出現してくる。これらのことは、「都市の影」というテーマとも関係して来ないだろうか。

ビルディングと車によって象徴される「都市」は、その生きられていない半面としての「放馬」の疾走《しっそう》を影としてもっている。多くの都市の住人たちが競馬に熱狂するのは、そのギャンブル性のみに惹《ひ》かれるのではないと思われる。

全体性の回復

都会人の夢の最後に突如として現われた三頭の馬は「軍隊から逃げて来たのだったろうか」と説明されている。秩序と規律を重んじるところから逃げ出してきて、自由に疾走する馬の動きは、型にはまった生き方を強《し》いられる都会人の意識を補償している。

人間の心は全体性を求める。人間の「自然」の心は人間がトータルな存在として成長してゆくことを欲している。しかしながら、人間の文明は、むしろ心の全体性に歪《ゆが》みを加えることによって達成されるような傾向をもつ。毎日決まった時刻に起き、決まった電車に乗り（しかも、無理矢理につめこまれて）、決まった職場にゆく。これが、一般の都会人の生活である。

筆者のところへ相談に来られた、あるうつ病の人は、会社へ行くのが嫌《いや》になり、朝出勤するときに、「一度でもよいから、いつもと反対の方にゆく電車に乗ってみたい」と思ったとのことであった。この想いは多くのサラリーマンに共感されるのではないだろうか。彼は自由に疾《しっ》駆《く》する放馬どころか、路線の上を走る電車の、ただ反対方向に乗りたいと願っているだけなのである。しかし、それすらも都会の「秩序」は許さないのである。それは何と片寄った秩序であろうか。

昼間の片寄った秩序を全体性へと回復するために、都市はいろいろな方策を用意している。それらはすべて都市の影を形づくっている。その内容はここにことごとしく説明する必要もあるまい。飲屋が、パチンコが、スポーツが――スポーツは健全で影の世界にははいらぬと思う人もあろうが――、都会の偏奇《へんき》した昼間の生活から人々を解放し、全体性の回復を助けてくれる。

影の遊離《ゆうり》

今まで述べてきたことは、考えてみると特に「都市」ということを強調することもなさそうに思われる。田舎《いなか》であろうとどこであろうと、純粋に「自然人」などいるはずもないのだから、人間どこに居ても影の世界を必要とするはずである。

ところで、考えてみると、町であれ村であれ伝統を背負った共同体として存在するところは、影の問題を集団として取り入れてゆくシステムを持っていることに気づくのである。伝統ある祭りの行事は、何らかの意味で、影の浄化の祭典を伴《ともな》うことが多いのである。若者がみこしをかつぐとき、彼らの荒々しい行為は相当に許容される。あるいは盆踊りのときには、男女の関係も相当な自由度を与えられる地方もある。

これらの影の取り入れが、共同体によって行われるとき、そこに何らかの「守り」が存在していることに気づかされる。それが「祭り」として行われるときは、そこに守護の働いていることは明白である。実際、守りの無いところでの影の暴走は、全体性の回復どころか、全くの破壊へとつながってゆくものである。都市といっても昔のそれは、共同体として存在していたので、伝統によって守られ、それ相応の祭りも持っていた。しかし、現代の都市は、共同体ではない。それは中心となる、共有するシンボルをもっていない。

女性たちが影の浄化のために行なっていた井戸端《いどばた》会議も、都市では不可能となった。それはあまりにも日常的で祭りではないかも知れない。しかし、湧き出る水を中心として円形に集合する形態は、強力なシンボルを形成している。彼女たちがいかに、その場で影のささやきを重ねるにしろ、それは流れ出る水によって浄化され、円陣によって守られる象徴性をもっていた。団地の主婦が個室から個室へと電話によって影のささやきをするとき、それは歯止めを失って破壊性を増してゆく。

筆者はここで、ある分裂病者の見た夢を想起する。彼は夢の中で自分の影が自分を離れ、どこかに立去《たちさ》ってゆくのを見たのである。遊離した影とは対話ができない。全体性の回復は真に望み薄いと言わねばならない。これと同様に、現在の都市の影は遊離現象を起こしていないだろうか。

遊離した影は市場価値をもつようになる。かつて、伝統に守られつつ共同体の中に取り入れられた影の内容は、今日切り離されて売りとばされるのである。井戸端会議の内容はマス・メディアに乗せられ売られるのだ。前者の場合は、人間と人間の触れ合いがあった。活字化された影は、人間性を失い、時には強い破壊性を発揮する。影が市場価値をもち、昼間の生活があまりにも規格化されると、影の方まで規格化されるというナンセンスなことが生じてくる。それはもはや放馬ではない。自由なはずの放馬をそっと影であやつり、もうけている人間こそが影であろうが、人々は偽りの影に満足し、金を払っているようである。

遊離した影は途方もないところへ顔を出す。それは昼間の世界の秩序と規律の中心であると、われわれが信じていた内閣総理大臣の官邸や、国会議事堂に出現さえするのである。最初に示した夢では、自分の家が知らぬ間に地下の道路に通じているのを知って、夢を見た人は驚くのであったが、現在のわが国では影の世界からの地下道は思いがけず、昼間の世界の中枢部《ちゅうすうぶ》へと繋《つな》がっているのである。都市においては、影は暗闇の中に存在するなどという考えは棄《す》てなければならない。遊離した影は常識を破る。コンクリートで作ったビルの中でさえピーナッツの地《ち》下茎《かけい》ははびこるのである。都市の人間にとって、遊離した影といかに対処してゆくかは、まことに大きい課題と言わねばならない。

二、「影」の自覚

何年ぶりかに、海水浴というものに行った。そこには夏の太陽を求めてきた多くの人の集団があった。そこで、われわれはビーチ・パラソルを一時間三百円也《なり》の料金を払って借りた。帰りにはこのパラソルを返却するのだから、考えてみると私は何時間かの間、その「影」を買ったことになる。太陽を求めてきた人達が、「影を買う」ことになるのは、なかなか興味深いことだと私には感じられた。

これは少し「影」にこだわりすぎかも知れない。どうも職業柄か、私は影にこだわるようだ。

私は心理治療を専門としている。このため治療を受けに来られる人の影の部分を見ることが多い。ある個人の、平素は光によって照らされている人格の隠された半面、影の部分が心理治療の場面では大きい問題となる。それに最近、『影の現象学』という本を書いたばかりである。やはり、影にはこだわってしまうのだ。

癌《がん》恐怖症—影の反逆

ある五十歳に近い会社の経営者の人が、癌恐怖症になってしまった。体の一部に硬いところができて、気にするとそれがだんだん大きくなってくるように思われる。本人は癌だときめこんで大騒ぎをするが、検診の結果は何も異常がない。そんなことを繰り返しながら、遂《つい》には医者をさえ信用しなくなり、家族を困らせるようになった。この人に会ってみて解《わか》ったことは、この人の今までの人生が、いわゆる「怖いもの知らず」の状態にあったということであった。彼はすることがすべてうまくゆき、どんどんとのし上がってきた人である。この輝かしい生き方の影に、何かを恐れ、小心に生きる部分が隠されていたが、それが今や、癌恐怖という形で前面に現われてきたのである。これは「影の反逆」とでもいうべき現象である。今まで無視され、おさえられていた半面が急に主導権をもって動きだすのである。

このような「影の反逆」に悩まされる人は多い。今までは典型的な「よい子」だったのに、中学生になってからは両親になぐりかかったり反抗するような事例が最近では多くなって注目されているが、このような例も影の反逆の好例である。それがもっと劇的に生じるときは二重人格などの症状となるが、それについては今回は割愛《かつあい》することにしよう。

今ここに個人のこととして述べた影の反逆の現象を、社会のことにあてはめて考えてみることもできるであろう。高度成長という光のあたる面をあまりにも肥大《ひだい》せしめた後で、われわれはそれに伴う影の反逆の苦汁《くじゅう》を十分に味わわされつつある。

自然科学の急激な発展に支えられて、われわれは物質的な豊かな生活を謳歌《おうか》してきた。しかし、今や公害の問題となって、その影の半面はわれわれをおびやかしつつある。かといってここでわれわれは自然科学を否定するのでもないし、再び物質的貧困《ひんこん》に戻るのを奨励《しょうれい》するのでもない。それはある傾向の単なる裏がえしであり、光と影が逆転したのにすぎない。百八十度の転換は多くの場合、真の変革ではあり得ない。われわれはこのような単純な逆転を避け、あくまで影と対決し、その実体を見極め、それをどのように生かしてゆくかを考えねばならない。

「死と再生」の体験

話を癌恐怖の人にもどそう。この人は心理療法を受けている期間中に思いがけない体験をする。自家用車を自《みずか》ら運転しているときに、誤《あやま》って事故を起こしてしまったのだ。運転には自信をもっていた人なので、これはまったく信じられないミスであったが、この不慮《ふりよ》の事故によって、彼が本当に恐れていたものが癌ではなく、死そのものであることを悟るのである。このような不思議な体験を心理療法を受けている間にする人は多いが、必ずしも実際経験とは限らず、夢の中で「死の体験」をして驚く人もある。

ところで、癌恐怖症の人が、死という影の国の主人公と向き合うことになると、癌恐怖症は消え失せてしまった。この人は自分の恐れを知らぬ人生観に欠如《けつじょ》していたもの、すなわち死の存在を自覚することによって問題を克服したのである。この人の外面的な生活は今までどおりであってあまり変わりはない。しかし内面の変化は大であり、今までよりもはるかに豊かな人生を生きることになる。このような人格変化は、古来からいわれる「死と再生」の秘儀《ひぎ》を体験したものとも言うことができる。ここに影の逆説が存在している。

ここで、筆者は未開人がしばしば影を自分の霊魂《れいこん》と見なしていたという事実を想起する。アフリカの原住民のなかには、正午になって外出すると、太陽が真上にあるために自分の影が無くなるので、正午には森の空地《あきち》や広場を決して横切らない風習がある。これは彼等にとって魂《たましい》の喪失《そうしつ》を意味するからである。

影を魂と考える彼らの迷信を笑ってばかりはいられない。先に示した例のように、われわれは「進歩」や「発展」という光の部分のみを追い求めるあまり、死や魂の問題をまったく欠落させた人生観をもち、そのために思いがけないときに、魂の喪失に悩まされているのではないだろうか。海浜《かいひん》の太陽の下で少量の影を買うように、われわれも自分の人生にどれほどの影を取り入れるかについて考えてみるべきであろう。

（一九七六、七七年四八、四九歳）

アレンジメントについて

うまくできていること

人間には、幸・不幸ということがある。われわれ心理療法家のところに相談に来られる人は、わが身の不幸を嘆かれることが多い。確かに、お聞きしていて、どうして人間のなかには、このような運の悪いことの重なる人があるのだろうと、不思議に思ったり、その不公平さを共に嘆いたり、怒ったりしたくなるときもある。

このような人と話し合いを続けながら、ふと自分の言った言葉を意識して、われながら変わった応答をするものだなあ、と感じるときがある。たとえば、あまりの苦しさに耐《た》えかねて自殺を図《はか》る人がある。しかし、偶然にも助けられて、死ぬことをやめ生き抜いてゆこうとする。ところが、またもや自殺を企図《きと》し、今度もまったく奇跡的に救われるということになる。このような話を聞いていて、「どうも、あなたは生きていなければならなかった人のようですね」と私は言う。

こんな応答をしながら、普通の人だったら自殺をしなければならなかったほどの苦しみに同情したり、あるいは、自殺という事柄の重大さにのまれて何も言えなくなるだろうに、自分はなんとも無神経なことを言うものだと、感じるときがある。ところが、多くの場合、相手の人が私の言ったことに、はっとしたり、相づちを打ってくれたり、あるいは、二人で顔を見合わして微笑し合ったりするようなことが生じるのである。

こう言ったからといって、私は話をする人の気持ちをまったく無視しているというのではない。その人の訴えられる苦しみを共に感じつつ聞いているわけであるが、それにもかかわらず、こんな言葉が口をついて出てくるのである。それは、結局その人の苦しみもさることながら、それも勘定《かんじょう》に入れて聞いていても、その人の人生の全体の在《あ》り方のなかで、「やっぱりあなたは生きていなければならなかった」と言うのが、いちばんぴったりなのである。そこで死ななかったということは、まったく「うまくできているな」とさえ感じてしまうのである。確かに、それは偶然の重なり合いのように思われる。しかし、それはそれとして全体としてうまくできているのである。おそらく、そのような感情が背後にはたらいているためであろう。一見非情のように思えることを言っても、二人の間にむしろ深い感情のつながりのようなものさえ感じるのである。

夫婦関係の相談

この「うまくできている」という感じを、特に強く味わうのは、夫婦関係の相談を受けたときである。

母親に連れられて若いお嬢さん（と思ったのだが）が相談に来られた。ところが、お会いしてみると、その人は結婚して子供もあるという。しかし、折角《せっかく》赤ちゃんも生まれたのだが、姑《しゅうとめ》がまったく意地悪で仕方ないので、実家へ逃げ帰って来たというのである。母親は随分《ずいぶん》と娘思いの人らしく、年輩の人として言葉を慎《つつし》んで話されるが、姑の仕打ちにはまったく我慢ならないという感じがよく伝わってくる。確かに、姑はきびしい女性らしく、嫁のする行為に対して、こまごまと注文をつけ、注意を与える人のようだ。

母親はまた、両家の家風《かふう》の違いについても述べたてられる。自分の家は子供をのびのびと育てることを大切にして、娘にも好きなことをさせてきた。しかし、あちらの家では、文字どおり箸《はし》のあげおろしに対してまで、やかましく言われる。どうして、こんな家に嫁にやったのかと悔やまれてならない。

娘さんは、むしろ夫に対する不満を前面に出してきた。夫はともすると姑の肩をもち、自分を認めてくれない。あれは母親に気がねしすぎるからだ。もっと男は男らしく、自立的に行動すべきだと思う。こんなことを聞いていると、おとなしそうなお嬢さんが「自立」を強調されるのに驚きながらも、それほど自立が大切なら、あなたも実家へ逃げ帰ってお母さんと相談に来たりするのもどうかと思いますね、などという言葉がのどまで浮かんでくる。

こんな話を聞いていると、やっぱり「うまくできている」と思わざるをえない。この娘さんを中心に考えるならば、甘すぎる家に育った彼女の味を少し矯正《きょうせい》するために、少し塩気《しおけ》の効いた家に嫁《とつ》いでいったということになろう。相手の男性にしても、塩気の強い母からの自立のため、甘い女性を必要としているのだ。ここに細かいことは省《はぶ》いてしまったが、単にこの二人の若者だけではなく、それをとりまく両親たちのおのおのも、その成長にふさわしい組み合わせによって、この両家の関係ができあがっていると感じられるのである。それらは、名人のアレンジした庭園のように、一木一草《いちぼくいっそう》にいたるまで意味をもって存在しているのである。

このようなとき、この母と娘がしようとしているように、多くの場合、われわれは相手を排除することによって、おのれの完全性を守ろうとする。つまり、のびのびとした生き方を正しいと考える人は、それを守るため、それと逆の生き方をしている人を悪として排斥《はいせき》し、攻撃するのである。この二人は悪い家に嫁いだ不幸を嘆いている。しかし、実のところ、自分の生き方の完全性を守ろうとする安易な道を選ぼうとしているのである。

ここで、われわれは排除するのではなく、それを受け入れることを学ばねばならない。すべて、あること、生じていることを、全体として受けとること。それによってこそ、われわれはそこに巧妙なアレンジメントが存在していることに気づかされるのである。このような立場をとると、今まで見えなかったものが見え始め、不幸と思い、不合理と感じる事象が、全体としてアレンジメントをなしていることが分かるのである。

アレンジしたのは誰か

このような見事なアレンジメントのなかに生きる体験をしたとき、私は自分の師から、「アレンジしたのは誰か」という問いかけを受けたことがある。アレンジしたのは私ではない、さりとて他の誰というわけでもない。しかし、そこに、「誰がアレンジしたのか」という問いが存在する。

禅家《ぜんけ》に「答は問処《もんしょ》に在り(1)」という語があるそうである。どの誰がしたのでもないことを明白に知りつつ、あえて「アレンジしたのは誰か」と問いかけるところに、すでにその問いは答えをもっているように感じられる。

人間であるかぎり、すべてのことがアレンジメントとして理解されるはずもない。われわれはいくら考えてみても不可解な事象に包まれている、その不可解なことに対してさえ、「アレンジしたのは誰か」とあえて問うことが、すなわち、生きるということでもあろう。

(一九七九年 四九歳)

心理学公害

「先生の本を読んだおかげで、ずいぶんと助かりました」とか、「家族の関係がよくなりまして」などと言われることがある。そんなのを聞くと嬉《うれ》しくなって、本を書いてよかったと思う。しかし、世の中はよいことばかりとはけっしていかなくて、次のようなこともある。「あなたは父親としての役割をまったく果たしていない、と妻にせめられまして……それがそもそも先生の本をもとにして攻撃してきますので」とか、「先生の書いておられることはもっともと思います。つまり、私の妻はあまりにも自我防衛が強いと言いましょうか」とか言われると、私の本のおかげで、あちこち家族争議が起こっているとも感じられる。

私が専門にしている深層心理学も、理論のようなものをもっているが、その理論は他人を攻撃するのに使うと実に便利なものである。たとえば、ある人が慈善事業に熱心になっているのに対して、「それはあなたが人を傷つけたいという無意識の願望の裏返しです」と言ってみる。その人がそれに承服すると、もちろんそれまでだが、たとえ、「そんなことは絶対ない」と頑《がん》張《ば》っても、「そのようにまったく無意識なところが問題だ」と言えばいい。何と言おうと相手を屈服させることができるのである。

これを見てもわかるように、こんなことをしてみても何の意味もない。それでは深層心理学の理論は、まったく馬鹿《ばか》げているのだろうか。私は深層心理学というものは、人が自分自身のことを救命するときにこそ役に立つものであって、みだりに他人に「適用」できるものではないと思っている。

フロイトやユングも、その理論の根拠としたのは自分自身の分析の経験であった。どちらも自分の心の病《やまい》を克服するために自分の内界の探索《たんさく》を行い、その経験をもとにして、それぞれの理論を打ち立てたのである。何といっても、それはまず自己理解のための方策だった。たとえば、先ほどの例で、慈善事業をしている人が、その人自身で自分の人を傷つけたいという無意識的な願望の存在に気がつけば、それはその人のその後の生き方を深めていくのに役立つことであろう。

それでは、心理療法家とか分析家とかいう人は何をしているのだろうか。それは、相談に来た人が自己理解をしようとするときに、その手助けをしているのであり、その助けのひとつとして深層心理学の理論を提供しているのである。従って、それをどう使うかは本人にまかされている。治療者が理論を他人に「適用」などできないのである。

このことがよくわかっていないと、心理学の本を読んでも自己理解を深める――それが他者への理解へと拡大されていく――のではなく、他を批判したり攻撃したりするのに使うことになってくる。そうなると、先にも例を示したように、これほど便利なものはない。他人の欠点を鋭くあばくのに非常に適しているが、その際、その人は自分のことを完全に棚にあげていることには無意識である。

こんなわけで、心理学は心の汚染《おせん》に協力しているようなところがあり、まことに申し訳ないことをしていると思うときがある。なるべくそんなことが起こらないように注意して書いているのだが、なかなか思うとおりにはいかない。誰しも自分は正しいと考え、他者を悪者にしておく方が楽なので、ついそうなってしまうのだろう。
こんなことを防ぐひとつの方法として、ものを考えるときも書くときも、心理学の「専門用語」をできるだけ使わないように心がけている。これで少しは心理学公害を避けられると思う。誰のことを考えるにしても、心理学の用語を使って裁断したくなるようなとき、私はふとそれに気づくと、自分が「負けているな」と感じる。そして、もう一度自分のことから考え直すことにしている。

（一九九三年　六五歳）

自然《じねん》モデル

これはユングが中国研究者のリヒャルト・ヴィルヘルムより聞いた話として伝えているものである。(1) ヴィルヘルムが中国のある地方にいたとき旱魃《かんばつ》が起こった。数か月雨が降らず、祈りなどいろいろしたが無駄《むだ》だった。最後に「雨降らし男」が呼ばれた。彼はそこいらに小屋をつくってくれと言い、そこに籠《こも》った。四日目に雪の嵐が生じた。村中大喜びだったが、ヴィルヘルムはその男に会って、どうしてこうなったのかを訊《き》いた。彼は「自分の責任ではない」と言った。しかし、三日間の間何をしていたのかと問うと、「ここでは、天から与えられた秩序によって人々が生きていない。従って、すべての国が「道《タオ》」の状態にはない。自分はここにやってきたので、自分も自然の秩序に反する状態になった。そこで三日間籠って、自分が「道」の状態になるのを待った。すると自然に雨が降ってきた」というのが彼の説明であった。

ここで注目すべきことは、彼は因果的に説明せず、自分に責任はないと明言した上で、自分が「道」の状態になった、すると自然に（then naturally）雨が降ったという表現をしているのである。ここで、中国人がヴィルヘルムに言うときにどのような用語を用いたかは知るよしもないが、彼が「道」のことを語る点からみて、老子『道徳経』に用いられる「自然」の話を用いたものと推察される。日本語における「自然」という用語が、西洋における自然《ネーチャー》の訳語に用いられるようになって混乱したことは他にも論じたので、ここでは省略する。(2)

自然《じねん》は福永光司(3)によると、「「オノツカラシカル」すなわち本来的にそうであること（そうであるもの）、もしくは人間的な作為の加えられていない（人為に歪曲《わいきょく》されず汚染《おせん》されていない）、あるがままの在《あ》り方を意味し、必ずしも外界としての自然の世界、人間界に対する自然界をそのままでは意味しない」のであり、「物我《もつが》の一体性すなわち万物と自己とが根源的には一つであること」を認める態度につながるものである。

こんなことを言うと、まったく非科学的と言われるかもしれない。そのような点については、第三章に論じるが、(4)筆者の実感で言えば、この「雨降らし男」の態度は、心理療法家のひとつの理想像という感じがある。かつて棟方《むなかた》志《し》功《こう》(5)が晩年になって、「私は自分の仕事には責任を持っていません」と言ったとのことだが、似たような境地であろう。治療者が「道」の状態にあることによって、非因果的に、他にも「道」の状況が自然に生まれることを期待するのである。

（一九九二年 六三歳）

香具師《やし》

あちこちで秋祭りが行われる季節になった。子どものころの祭りで嬉《うれ》しかったことは、その日の特別の小遣《こづか》いをもらって、参道に並ぶ店を物色《ぶっしょく》してまわることである。氏神様《うじがみ》の春日《かすが》神社の祭りには小学生は十銭もらうのがわが家のしきたりである。中学生は十五銭だったと思うがはっきりしない。当時の十銭はなかなかの大金だ。一銭でチューインガム二コ、二銭で杉の実の鉄砲などと買ってゆく。いろいろと買って、ときには三銭くらい貯金することもある。

次兄の公《ただし》は、こんなときに思い切った買い物をする。十銭でナイフを買ったりするので、さすがは中学生の兄さんと尊敬の眼で見ていたのを思い出す。十五銭はりこんで「手品」を買ったりもするのだ。私はそんなことはけっしてできず、一銭、二銭をいかに有効に使うかに心を使った。

このような祭りに必ずやってくるのが、香具師（1）である。われわれ兄弟一同、この香具師の口上《こうじょう》を聞くのが大好きであった。何かいろいろとあやしげなものを、巧みな口上で心をひきつけて売るのである。忘れ難いものとしては「レントゲン」というのがあった。

直径三センチ、長さ十センチほどの紙の筒だが、手を太陽の方にかざし、その筒の穴から覗《のぞ》くと「骨」が見えるのだ。「何でも透《す》けて見えるレントゲン、レントゲン博士発明による、この最新式の器械が、僅《わず》か五十銭！」となると、買いたくてむずむずしてもあまりに高すぎる。しかし、「この際特に」ということでだんだん安くなって二十銭にまでなってくると、ちらほら買う子どももいる。ところが、香具師のおっさん何を思ったか、「持って帰るのは面倒くさい。今日は損してもいい、とんとんとまけて僅かに五銭！」と半狂乱になって叫んだので、子どもたちも必死で買う。おっさんは「金！金！」と五銭玉を受けとりレントゲンと交換。たちまちにして売り切れだ。兄たちのうちの誰だか忘れたが、レントゲンをひとつ手に入れた。兄弟一同がかわるがわる覗くと、確かに「骨」が見える。感激も大きかったが「種《たね》」がわかったときの落胆も大きかった。紙の筒の先は、セロファン紙の間に鳥の羽がはいっていたのだ。

だますのも芸のうちで、われわれ兄弟は大学生になったころは、相当な香具師になっていた。極端に物の少ない、食べるものさえ不自由な毎日の生活が香具師の術で俄然《がぜん》楽しくなってくる。「はい、これは河合家特製の川魚の焼きものです」、「なんと、二階で食べると、下の人までおいしい」、「おばあちゃんが食べると、おじいちゃんまでおいしい」、「買わないと損だよ、特製の川魚」、「五十銭のところ、本日はとんとんとんとまけて五銭！」

などと兄弟がときに応じて香具師の口上を述べて大笑いをする。それが一人ひとりなかなかうまいので、まずいものまでおいしいと思えてくるのだ。

「飛ぶ教室」48号は特集「河合隼雄氏と子どもの本とのほどよい関係」というので、森毅《つよし》、上野瞭《りょう》、いぬいとみこ、工藤直子などという人たちが「河合隼雄氏」について語っている。有《あ》り難《がた》く思ったり、わがことながらおかしくて笑い出したりして読んでいたが、鶴見俊輔[2]さんの文には、言葉に表せないほどの感激を味わった。「河合隼雄は、兄雅雄と香具師研究会をつくった」というのが冒頭の文である。鶴見さんはどこでこんな知識を得られたのか。そして、その研究会は「雅雄のゴリラ観察にどう役だったかは知らないが、隼雄の心理療法には役だった」と書いてある。

これは卓見《たっけん》である。心理療法家にとって「はなし」ほど大切なものはないし、相手に応じて語り口を変えるためには香具師の才能が必要だ。尊敬する鶴見さんにほめていただいて嬉しくなったので、落語家の枝雀《しじゃく》さんが英語の落語に挑戦しておられるのにならって、私も英語の香具師に挑戦してみなくてはと思っている。

（一九九三年 六五歳）

ユング研究所の思い出――分析家の資格試験を受ける話

資格試験

スイスのチューリッヒにあるユング研究所の所長リックリン博士から、「日本人として最初の」という祝福を受けながら、ユング派の精神分析家の免状を受けとったのは、一九六五年の二月のことであった。それ以来、文字どおり十年一昔《ひとむかし》の歳月が流れ去ってしまったが、今になって振り返ってみると、盲蛇《めくらへび》におじずの無鉄砲《むてっぽう》さと、多くの幸運のおかげで、困難な仕事をやりとげることができたものと痛感される。

ユング研究所の思い出のなかで、今も忘れ難いエピソードをひとつ、ここに述べるつもりであるが、これは、私も含めてあまりにも生身の人間がかかわりあうことなので、今まで殆《ほとん》ど誰にも話さずにきたことである。一昔の歳月も過ぎ去ったし、この話のなかで重要な役割を占めるJ女史も亡くなってしまわれたので、話してみる気になったのである。

話を始める前に、ユング研究所の資格試験のことについて、少し紹介しておこう。ユング派の分析家になるためには、先《ま》ず博士号をもっていなければならない。医学、心理学の博士号をもっている人が多いが、その他の分野のものであってもよい。分析家になるための訓練はあくまで、自分自身が分析を受けること（これを教育分析という）が中心となるので、教育分析を受けながら、研究所でいろいろな講義をきく。入所して少なくとも一年半たつと、訓練生は第一回の資格試験を受けることができる。試験は精神病理学や分析心理学の理論から宗教学、神話学などにまで及ぶ八科目もあるので、一年半目に受験する人は殆どいない。ところで、これにパスすると、Diploma Candidate と呼ばれ、自分で患者をもち、それについて個人指導を受ける。これがいわゆる統制分析である。教育分析と統制分析を併行して行いつつ、最終試験にそなえて勉強し、資格論文を執筆する。

この統制分析を二五〇時間以上経験しなければならないが、下手をすると患者が来てくれなくなるので大変である。これらのすべての条件を満たして資格を取ることは相当な努力が必要で、最小限度五年はかかることを覚悟しなければならない。多くの人が途中であきらめてゆくのも当然である。

さて、私もこの長い階段をだんだんと登りつめて、最終試験を受けることになった。ヨーロッパの資格試験は口頭試問が案外に多く（筆記試験もあるが）、三人の試験官にいろいろと質問されて、答える方式である。私はもちろんそれに備えての準備をしていたのであるが、ここに大きい問題が存在していた。

日本人として

ユングの心理学は「無意識」ということを重視する。人間は自分が意識し得る心の動きのみでなく、意識することのできない深層の心の動きに影響されるところが大であるとし、その無意識的な心の動きを何らかの方法で把握《はあく》しようとする。その方策として、夢や絵画や空想などを取りあげ、それを通じて無意識の世界を知ろうとするのである。

そこで、夢や絵画の「解釈」ということが大切な技法となってくるのであるが、これが問題なのである。ある人が、ライオンに追いかけられている夢を見た場合、いったいそれをどう「解釈」すればいいのだろう。これは権威的なものを怖れていることを示しているのか、あるいは、父親との葛藤《かっとう》か。夢を見た人自身は、昨夜見たテレビのシーンに影響されているというかも知れない。ともかく、夢というものは多義的なものである。その人個人にとっての意味や、文化的な意味、あるいは人類全体にわたって普遍性をもつ意味もある。それに、その人の過去、現在、未来のことも重なってくる。それら多義的なもののなかから、分析家は夢を見た人と対話を重ねつつ、その人にとって意味のあるものを見出《みいだ》して言語化し、意識化する。それを夢の「解釈」と呼ぶわけである。

「解釈」の難しさは、それが二面性をもつことである。あまりに早く断定し言語化するときは、多くのニュアンスや深い意味が失われようし、さりとて、黙っていたのでは不明確で話にならない。この点については、ユング自身もいろいろと警告を発しており、彼は一方では夢についての大胆な解釈を発表し、一方では、「分析家は何をしてもいいが夢を理解しようとだけはしてはならない」という警句を吐いたりもしている。

この二面性のなかで、できるだけ言語化をおさえ、全体的なニュアンスを生かしてゆこうとするか、逆にある程度のロスはあっても、明確にし得ることをできるかぎり言語化しようとするかは、分析家の個性、あるいは「好み」にかかわっているとも言える。しかし、これが日本人と西洋人となると「好み」の次元を越えて、質的なものと感じられるまでになってくる。われわれ日本人から見れば、彼らはあまりにも明確化しすぎ、言い切りすぎるように思えるし、端的《たんてき》に言うと「西洋人はどうして、あれほど簡単に信じることができるのだろう」という感じになるのである。これを、彼らから言わせると、日本人のやり方はあまりにも不明確で、「解《わか》っているのか、解っていないのかも解らない」状態と見えるのである。

意識化を急がず、意識も無意識も「まるごとにつかむ」ような私のやり方に対して、私の二人の分析家、マイヤー先生（男性）とフレイ先生（女性）は、私が私なりに成長してゆくのを育てる考え方のようであった。これに対して、片方の極にあったのが、J女史である。J女史はユング研究所の重要なメンバーであり、著書もあって有名な人である。ところが、この人の講義を聞くと、あまりにも単純にものごとを割り切りすぎていると思われ、私はどうも感心できないのである。クラスのなかでの質問や、レポートなどで私はそれに対して弱々しい抵抗を試《こころ》みるが、たちまちにしてJ女史の威厳によって押し切られるのが常であった。何しろ、J女史は威厳に満ちた人で、研究所の訓練生たちは怖がっていたものである。彼女の目からすれば、私などは知識を明確に把握することができず、何を迷い言を述べているのだろうと思われたことであろう。

ところで、このJ女史を主査《しゅさ》とする試問を私は受けねばならなかった。私が考えたことは、彼女はどうせ単純なことを聞くのだから、その場では私の考えを主張せず、彼女の気に入るように答えることにしよう。J女史の重視する「理論や知識」など、三時間もあれば覚えこめる、という真に不埒《ふらち》なことであった。彼女の科目について私はあまり勉強しなかった。試験の三時間前に研究所に着き、そこでノートを読んで一息に準備完了する作戦である。私はもともとこんな離れ業《わざ》をするのが得意であった。

対決

その日、予定どおり三時間前に研究所に着き、準備をしようとした時、私は肝心のノートを家に忘れてきたことに気がついた。私はローカル線でチューリッヒから四十分ほどかかる村に住んでいた（住居費が安いため）ので、ノートを取りに帰ることは時間的に無理だった。というより、これは何か意味のあることが起こるぞという予感のようなものがあって、図書室ででもいくらかは準備できたのだが、居合《いあわ》せた友人と馬鹿《ばか》話をしてすごしてしまった。

試験場にゆくと、J女史が何時《いつ》になく大変優しい様子で、まず「ミスター・カワイ、自己《セルフ》の象徴としてはどんなものがありますか」と尋ねた。自己《セルフ》とはユング派の重要な概念で、心全体の中心とでもいうべきものである。ユングは自己《セルフ》の象徴について多くの研究を発表しているが、わけても東洋の曼荼羅《マンダラ》(1)を重要視している。こんなことであれば彼女に気に入って貰《もら》うことを言えたはずであったが、私の口は私の意図に反して、「世界中のもの、すべてのものです」と答えてしまった。つまり森羅万象《しんらばんしょう》は自己《セルフ》なりというわけである。彼女の目はにわかにきびしくなって、「すべてのもの！　ではこの机もそうですか」とたたみかけてきた。「机もそうですし、椅子《いす》もそうでしょう」とこちらが答えたので大変なことになってきた。

それは試問というよりは対決に近い様相になった。しかしながら、その間にＪ女史は何度も事態を和《やわ》らげようと努力し、陪査《ばいさ》として同席していたフレイ先生は、場をとりなすような発言をしてくれ、私自身も何とかスムースに事が運ぶようにとは努力するのだが、駄目《だめ》なのである。それは雪道でスリップを始めた車のように、いくらハンドルをまわしても運転者の意図を無視した暴走を続け、衝突を避けることができない。

試験の終了後は、悔恨《かいこん》の気持を交《まじ》えながらも、私はむしろすっきりとした気分であった。それは、大切な試験に「ごまかし」をせずにすんだという嬉《うれ》しさのようなものを含んでいた。あるいは、Ｊ女史はさすがに、ごまかしを入りこませない何かを持った人である、と言ってもよいかも知れなかった。

数日後、フレイ先生は、Ｊ女史が相当に怒っていたことを伝えてくれた。カワイは全く知識が不明確で貧困《ひんこん》であるので、落第にするところだが、感情の深さという点で非常にいい素質をもっている。それに日本からはるばる来たことも考慮して、一応パスにしておこう。彼が自分の素質を生かしつつ、もっと理論や知識の勉強を積むことを条件にして認めようというのである。私はすぐに抗弁した。それは知識の有無の問題などではなく、もっと根本的な態度の問題である。自分は自分としての生き方があるので、それを認めるのではなく、単なるお情けで資格を呉《く》れるのなら、そんな資格は要《い》らない、と言った。

フレイ先生は私の言い分を理解してくれたが、せっかくJさんも折れているのだから、いまさら事を荒だてなくてもよいではないか、資格を取るということは全く大変なことだから、ここは黙って貰うべきだと言うのである。こんなときの彼女は、まったく日本の母親と同じくらい優しかった。しかし、私は根本問題を無視することはできないと主張し、これはユング研究所全体の在《あ》り方にも関係することだと言った。

ある程度はJ女史にも一理あるとしていたフレイ先生も、よりよく私を理解してくれ、そこまで言うなら、あなたの主張を資格委員会で代弁してみようと言ってくれた。しかし、他の委員がどこまでそれを理解してくれるか解らないし、Jさんもそうなると自分の立場を守って、落第を主張するだろうから、資格を貰えぬ可能性が大きいが、その覚悟があるかと念を押された。「私は生まれながらに、河合隼雄という名があって、それだけで十分です。その上にユンギァンという飾りがついてもつかなくても、私の存在には変りがありません」と私は答えた。

アレンジしたのは誰か

フレイ先生の家を出た途端《とたん》から、私はデプレッション(2)になった。先ず妻子の顔が浮かんだ。それに日本で、私が資格を取るのを期待している人たちのことも思った。私が資格を取れずに帰国して、そのいきさつを話したとき、そのうちの何人かは私の考えに同調してくれるだろう。しかし、多くの人は私が失敗したことの自己弁護をしているとしか思わないだろう。決定が下されるまでの幾日かを私は全く憂鬱《ゆううつ》な気持ですごした。一時はJ女史に和解の手紙を出そうとさえ思ったが、どうしても書けなかった。

委員会は私に資格を与えることを決定した。それは相当長時間にわたる激論の末であったらしい。その決定の趣旨は、リックリン所長が免状を授与するときに、「ミスター・カワイ、あなたは今まで何事もあまりスイスイとやってゆくので、イエスマンではないかと、われわれは危惧《きぐ》していた。しかし、最後になって研究所をゆるがすほどの大きいNo!を言ってくれた。これで、われわれは安心してあなたに資格をあげられると思いました」と述べたことに端的にあらわされている。

フレイ先生とこのことを話合ったとき、私は日本人としての自分を主張して、Noと言ったのだが、事態をまるく収めようとせず、あくまで自己主張を通そうとしたところは、むしろ西洋的で、結局ユング研究所で学んでいる間に、私もある程度西洋的な自我をつくりあげることができたと言えるのではないか、と言った。これに対して、先生は、それもそうだがと賛成した後で、しかし西洋人なら自分の方が正しくてJがまちがっている、だから免状を呉れるべきだと言ってけんかをするだろうが、あなたは免状はいらないと言ってけんかをしたのだから、そのところは日本的と言うべきだろうと言われた。これには、私もなるほど参ったと感じたことであった。また、先生は、資格を取る人はすべて教育分析の過程のなかで、一度は相当な危機におちいり、それを乗り越えるプロセスがあるのだが、あなただけは一度も危機に陥《おちい》ることなく成長してゆくので不思議だったが、一番最後になって相当なデプレッションを体験しましたね、と言われたことも非常に印象に残った。

私が免状を貰った後でささやかなお祝いのパーティがあったが、それも終りとなる頃、J女史がしずしずと現われたのである。彼女は不可解な笑《え》みを浮かべながら、帰ってからみるようにと白い封筒を手渡して立去った。帰宅後開けてみると、真紅のバラの絵があるカードに資格を得たことに対する祝福の言葉が書かれてあった。それを見ているうちに、私にはこれらすべてのことが、まるで私という人間が分析家として一人立ちしてゆくためのイニシエーションの儀式として、巧妙に仕組まれたものではなかったのかとさえ感じられてきた。すべてのことがあまりにもうまく「出来ている」のである。

これらのことを分析家のマイヤー先生に報告すると、「まったくうまく出来てるね」と満足そうであったが、「ところで、そのすべてをアレンジしたのは誰だろう」と問いかけてきた。彼は言葉をついで「私でもないしお前でもない。ましてJでもなく研究所が仕組んだのでもない」と言い、暫《しばら》く沈黙した後に、「誰がアレンジしたのだろうか」と、再び問《とい》をくり返したが、それはむしろ自分自身に向かってなされているようであった。われわれは無言で微笑し合った。

これに何と答えるかはあまり重要でないかも知れない。大切なことはこのようなアレンジメントが存在すること。そして、それにかかわった人たちがアレンジするものとしてではなく、渦中《かちゆう》のなかで精一杯自己を主張し、正直に行動することによってのみ、そこにひとつのアレンジメントが構成され、その「意味」を行為を通じて把握し得るということであろう。このことを体験に根ざして知ることが、分析家になるための条件のひとつでもあったのであろう。

（一九七五年 四六歳）

私の養生術

養生と健康

「健康でよろしいですね」と言われることはわりにある。あちこちと走りまわっているにしては、健康だと言えるだろう。まったく病気をしないというのではなく、時に風邪《かぜ》をひいたり、ギックリ腰になったりする。しかし、あまりそれも多くないので、一般には健康と思われるらしい。何でも感心したがるタイプの人からは、「そんなに忙しくしておられて、健康を保つ方法が何かあるのですか」と言われたりする。それについてこれから述べるのだが、あっさりと言ってしまうと、特別な健康法というのはない。食べること、飲むこと、眠ること、一切好きなようにしている。暴飲暴食ではないが、よく飲み、よく食べ、というタイプである。

養生というのはいい言葉である。自分の「生」を養うのだから、これは私は大いにやっているつもりである。好きなように飲み、好きなように食べ、好きなようにあちこちと飛びまわり、喋《しゃべ》りまわる。これらはすべて、私という人間の「生」をできるかぎり養おうとしているのである。これらをすべて制限して、養生どころか「制生」(などという言葉はないが)をして健康だとか、長寿だと言ってみても、それはいったいどうなっているのか、と私は思っている。

煙草《たばこ》を吸うのは健康によくないらしい。しかし、これもやたらにやかましく言うほどのものでもないらしいのだが、それはともかく、煙草は養生には役立つときもあるのではなかろうか。これは別に煙草を吸うほうがいいと言っているのではない。人間は個人差が非常に大きいので、なかには煙草が養生になる人もあるように思うのである。そんな人は、ひょっとして禁煙を強行しすぎて、健康にさえ悪影響を及ぼすことだってあるのではなかろうか。

だいたい健康好きの人は、平均値好きの人が多い。平均値というのは、一般のことを考えるのに大切な「目安」となるものだが、それは理想ではない。人間全般について考えるときの目安となるものであって、ある個人にとっての理想値なのではない。こんなことがわからず、平均値をにらんでは健康、健康と言っている人は「健康病」にかかっている、と言っていいのではなかろうか。

養生の「生」というのはきわめて不可解で、つかまえにくいものである。偉そうなことを言っていても、私は「私の生」がほんとうのところはどんなのか明確にはわからない。わからないからこそ、何とかそれを大切に養っていきたいと、あれこれと考えている。これは誰にしても同じことで、世界に唯《ただ》一つしかない「私の生」を、どのように養っていくかは、それぞれの人間の課題なのだが、どうも、それがあまりにわかりにくいので、比較的わかりやすいように見える「健康」のほうに、とりつかれて「健康病」になるのではなかろうか。

また、このような健康病の人を相手にする、健康産業とでも言うべきものも、大分《だいぶ》盛んになっているので、ますますその傾向が増大するように思われる。「――すれば、健康になる」とか、「――すると、――という病気になりやすい」とか、いろいろな法則が示されるが、人間に関する法則は、あいまいであったり、まずまず一般のことであったりして、それが果たして「私」という個人にそのまま当てはまるかは、実に難しいことなのである。しかし、それはある種の「法則」として提示されるので威力をもってしまう。

人々は、かつて「心がけ」とか「心構え」とかを大切にしてきたが、どうもそんなことは、人間の深い本質からは遠いことのように思われてきた。昔の修身や道徳の教えるところに疑いをもつようになった。しかし、何か、そのような「心」を超えた大切なものがあるらしいと感じて、それが「健康」のほうにひきつけられてしまう。したがって、健康に関する法則は「教義」のようになり、健康法が儀式のようになる。

ジョギングに精を出しすぎて心臓病で亡くなられた人があった。このような人は一種の殉《じゅん》教《きょう》者のような感じであるが、本人にその自覚がないのが残念なところである。

なるべくなら

以上に述べたようなわけで、私は相当に養生に努めているが、健康のほうにはあまり気を使っていない。と言って、それをまったく無視していいというものでもないのは、当然のことである。養生術と健康法とは微妙な関連性をもっている。

そこで、私の養生術としては、なるべくなら不健康なことはしないでおこう、と思っている。

たとえば、酒を飲みすぎるのは健康によくないことは明らかだ。しかし、だからと言って、絶対に酒を飲みすぎない人生、などは養生術から見ればよくないことは当然である。だから、「なるべくなら、酒を飲みすぎないように」と言うのである。酒を飲みすぎないようにしていても、「なるべくしてなる」という形で飲みすぎることもある。

これは何についても言える。「なるべくなら、十二時過ぎまで起きていないようにしよう」と私は思っている。しかし、飲んで仲間と騒いでいるときは、別に二時まで起きているときもある。もっとも、原稿を書いていて二時になることはない。「なるべくなら……」というルールのほうが原稿の締切りよりは強いようである。

要するに「——すべきである」というルールは「なるべくなら」つくらないほうがいいのだ。養生術の真髄《しんずい》はよいかげんさにある、と私は思っている。よいかげんにやるのなら、あまり意志が強くなくてもできると思うのは、少し浅はかである。「——すべきである」と決めこんでいる人は、自分の意志の弱さをルールの強さでカバーしているところがある。それに対して、ほかの人々がかっちりとやっているとき、自分だけよいかげんにやるのなどは、鉄の意志を必要とする。などと勝手な理屈をこねて楽しむようなところが、養生術には必要である。ほんとうのところは、私はきわめて意志の弱い人間なので、このような「なるべくなら養生術」などを考えだしているのである。

いつだったか、ロシアの宇宙飛行士のレベデフさんと話し合いをしたことがある。宇宙飛行を二百日以上も続けた人だ。実はこれは大変なことで、自分の健康管理によほど気をつけていないと地球に帰れなくなってしまう。一例をあげると、無重力状態で生活しているので、相当な身体のエクササイズをしないと筋肉が弱くなってしまって、地球に帰ってきても歩くこともできないような体になってしまう。それに夜も昼もないような生活だから、睡眠時間の確保も難しい。そんななかで、二百日以上いたのだから、どれほど規則正しい生活をしなくてはならないか。それこそ鉄の意志をもって生活を律してきたのであろうと思った。そこでその点について訊《き》いてみると、案に相異して次のような答えが返ってきた。

レベデフさんは、言うならば「体の声」に従って生きていたのだ、と答えた。仕事をしていると、何だか体のほうが「エクササイズがしたいな」と言ってるような気がする。そうするとそれをする。しばらくすると体が「もう止《や》めたいな」と言う。それに従ってやめる。こんな調子なので、エクササイズが二時間のときもあれば、三十分のときもある。睡眠時間なども、まったく不規則である。しかし、それらは、レベデフさん流に言うと、「自分の意志ではなく、体の声に従ってやった」ことになる。そうすると苦痛は少ないし、長い間、宇宙空間にいても、心身の健康を保っておられるのである。

これには感心してしまった。「体の声」に従うとは凄《すご》いことだ。そこで私はつっこんだ質問をした。「地上に降りて生活していても、体の声は聞こえてきましたか」と。レベデフさんの答えは「ノー」であった。そこで、私は「地上に帰ると、奥さんの声がよく聞こえてきたでしょう」と冗談を言ったので、レベデフさんは愉快そうに笑った。

養生術の最高は、おそらく「体の声」に従うことではないか、と思う。しかし、おそらくそれは日常生活のなかでは不可能であろう。日常生活のなかの物音や声が聞こえすぎるし、それに注意を払わなかったら、この世に生活していくことはできないであろう。しかし、「なるべくなら、体の声に従おう」と思うことぐらいはできるだろう。そして、レベデフさんの例が示すように、極限状態のほうが、それが聞こえる可能性は高いはずである。つまり、ほんとうに危険なときは、体からの信号があるはずだ。

生きる面白さ

せっかくこの世に生まれてきて、つかの間の「生」を生きている。その「私」という存在に、できるだけ生きることの面白さを味わわせてやりたい。やたらに辛抱《しんぼう》したり苦しんだりして、生命の長さを十年くらい伸ばしてみても、それはほんとうに「生きた」ことになるのだろうか。

すでに述べたように、健康に関するいろいろな法則は、個人の存在を中心に考えるかぎり、何ともあいまいになってくる。そのような、あいまいなものに縛《しば》られて、生きる面白さを制限されたら、生きていることの意味がなくなってくる。そして、そもそも、面白い、楽しい、ということ自体は健康にもいいのだから、こんなにいいことはない。

したがって、何に限らず好きなように、好きなことをするのは養生術にかなってくる。ただ難しいのは、人間の身体にはどんなことが起きるかわからないし、限度というものがある。だいたい、好きなことというのは限度を忘れさせる。したがって、好きなことをする人は、どこかで「体の声」を聞こうとする態度を失ってはならない。養生術のなかに、ときに健康法が必要になってくる。

しかし、「生」というのは健康も不健康も含んで成立している。あまり忙しい生活をしていると、たまに病気になって、いろんな約束など放ってしまって、家で寝こんでいるのなど、面白いと言えば面白い。健康は善で、病気は悪などという単純な考えでは、養生はできない。こんなふうに考えると、人間というのは、なかなかいいときに病気になるものである。私はちょいちょい病気になるが、いつも、うまくできているなあ、と感心している。なろうと思ってなれるものではない。病気というのも、明らかに「体の声」の顕《あらわ》れである。

こんなことを考えてくると、養生と現代の医学の関係は、なかなか微妙になるのではなかろうか。医学はときに養生と敵対したりするのではなかろうか。

この問題を解決するためには、このあたりのことをよく心得ているホーム・ドクターをもつことが必要であろう。医学のみでなく医療を考える。健康のみでなく養生を考える。このような医者がホーム・ドクターだと思う。好きなように、と偉そうに言っていても、自分の体のことすべてがわかるはずはなく、その点で近代医学の恩恵を受けるべきときは受けるべきだと思う。しかし、そのときに信頼し得るホーム・ドクターをもつことが必要だと思うのである。

そのような後ろ楯をもちながら、自分の「生」を楽しみ、そのために少しくらい早く死んだとしても、満足ではなかろうか。「なるべくなら、もう少し長生きしたかった」などと言うかも知れないが。

（一九九五年 六七歳）

音のない音

学生時代にしていたが下手なのでやめてしまっていたフルートを、五十八歳からまた吹きはじめた。今度はちゃんとプロの先生について、二週間に一度習いにいくことにした（と言ってもなかなかその通りにはいかないが）。何かを習うということは実にいいことで、その都度《つど》何か新しいことを学ぶことができるのは嬉《うれ》しい。それに私は心理療法という仕事をしているので、人間の生き方についての関心が高く、フルートについて教えられることが、人間の生き方や心理療法に関連してくることが多く、二重、三重に教えられる感じがする。

フルートはピアノと違って、一度に一つの音しか出せない。従ってメロディーを吹くだけである。よい気になって吹いていると、先生にここの和音はどうなっていますか、と聞かれることがある。つまり、メロディーを吹いていても、その下についている和音がどうなって、どう変化していくかが分かっていないと駄目《だめ》だというのである。和音のことを知ろうと知るまいとメロディーそのものは変わらないと思うのだが、そうではない。和音と関係なく吹いているときと、そちらに気を配って吹いているときは明らかに異なり、先生にはちゃんと分かるから怖いのである。

そのときに鳴っていない音が大切なのである。しかし、考えてみると、このことは人間関係でも大切ではなかろうか。人間の口は一つだから、一度にたくさんのことは言えない。たとえば、「悲しいです」としか言えない。しかし、これをメロディーと考えると、同じ「悲しいです」の下に、いろいろな和音があり、それによって随分《ずいぶん》と味が変わるはずであり、そこには言われていない和音を聴くことが非常に大切ではなかろうか。音のない音に耳を傾ける態度が、他人を深く理解するのには必要であると思われる。

もう一つ「音のない音」とでも言いたいことで教えられたことがある。フルートは高い音の出せる楽器である。しかし、高い音をきれいに吹くのは実に難しい。われわれが吹くと、いわゆるキンキンした音になってしまう。そんなときに、先生が言われるのに、高い音を吹くときに、「浮《うわ》ついてしまう」というか、体も何だか上の方に上がってしまう感じになるから駄目なのである。

音が高く上がっていくときには、体の感じは逆にむしろおなかの下の方へ下がっていって、それを支えるようにならないと駄目なのである。これは実際にフルートを吹いてみないとよく分からないだろうが、音が高くなるに従って、体の支えの方は下に向かっていく。言うならば、音にならない低い音が高い音を支えているような感じになるのだ。

これは実際に吹くとなると難しくて、高い音が来るとつい体までが浮いていって、音色が悪くなってしまう。

この練習をしていて思ったのは、人間というのは何か調子がよくて上昇傾向にあるときは、手放しで上昇してしまって、浮ついたことになりがちである、ということであった。どれほど上昇しても、それをしっかりと支えるためには、何らかの下降がそれに伴《ともな》って生じていないといけない。高い位置と低い位置との間に存在するある種の緊張が、高いものを支え、厚みを与えるのだ。
　人間の幸福というものもこのようなものだろう。幸福の絶頂にあるようなときでも、それに対して深い悲しみ、という支えがなかったら、それは浅薄《せんぱく》なものになってしまう。幸福だけ、ということはない。もちろん、フルートの音しか一般の人には聞こえないのだが、それがよい音色であるためには、音のない音がそれを支えているように、幸福というものも、たとえ他人にはそれだけしか見えないにしても、それが厚みをもつためには、悲しみによって支えられていなくてはならない。

「しあわせ眼鏡」(1)という題で、人間の幸せについていろいろな角度から直接、間接に関連するようなことを書かせていただいてきた。これも今回が最終回になるが、それにあたり、幸福ということが、どれほど素晴らしく、あるいは輝かしく見えるとしてもそれが深い悲しみによって支えられていない限り、浮ついたものでしかない、ということを強調したい。恐らく大切なのはそんな悲しみの方なのであろう。

（一九九七年　六九歳）

註

ただ座っていること

1 ［ガリ版］謄写版。鉄筆で原紙に文字や絵を書き、原紙の上にインクを塗り、したに紙を置いてローラーで刷る印刷方法。鉄筆で原紙を切るときの音からガリ版と呼ばれる。**2** ［スタニスラフスキー］コンスタンチン・セルゲーヴィチ・スタニスラフスキー（一八六三～一九三八）。ロシアの俳優、演出家。彼の考案した俳優の教育法、スタニスラフスキー・システムは、世界の演劇界に影響を与えた。

人生の味

1 ［飛ぶ教室］一九八一年に創刊された児童文学の総合誌。

はてな、はてな

1 ［万有引力の法則］ニュートンが発見した、質量をもつ物質が引力をもつという法則。**2** ［講談］寄席演芸の一つ。軍記、武勇伝、侠客伝などを調子をつけて聞かせる話芸。**3** ［三拝九拝］何回もお辞儀をすること。

灯を消す方がよく見えることがある

1 ［少年倶楽部］一九一四年に創刊された月刊少年誌。

「心」の科学

1 ［エコノミックアニマル］経済的利潤追求を第一として活動する人を批判する語。**2** ［フロイト］ジークムント・フロイト（一八五六～一九三九）。オーストリアの精神科医。精神分析学の創始者。**3** ［ユング］カール・グスタフ・ユング（一八七五～一九六一）。スイスの精神科医、心理学者。深層心理について研究、分析心理学を創始した。**4** ［アドラー」アルフレッド・アドラー（一八七〇〜一九三七）。オーストリア出身の精神科医、心理学者。個人心理学の創始者。**5**「チベット死者の書」チベット仏教ニンマ派の仏典。臨終のときから四十九日間死者の耳元で読みあげられる枕経。**6**「臨死体験」死に瀕してあの世とこの世との境をさまよう体験。**7**「華厳経」大乗経典の一つ。華厳経では、一切の現象が互いに縁となって顕われていると説いている。

日本神話にみる意思決定

1「古事記」日本最古の歴史書。七一二年に太安万侶が編纂、元明天皇に献上したとされる。**2**「日本書紀」七二〇年成立の日本の歴史書。日本最古の正史とされる。**3**「谷泰の著書」『「聖書」世界の構成論理』岩波書店、一九八四年。

ITとit

1「五木寛之」日本の小説家（一九三二〜）。「蒼ざめた馬を見よ」で直木賞受賞。近年は仏教や浄土思想にまつわる随筆も多い。**2**「山田太一」日本の脚本家、小説家（一九三四〜）。

民話と幻想

1「ある治療者が〜」菅佐和子「ある少年の事例 砂場に築かれた世界」『京都大学教育心理学部心理教育相談室紀要』3、一九七六年。**2**「ディークマンが〜」Dieckman, H., The favourite fairy-tale of childhood, J. of Analytical Psychology, 1. 1, 1971 **3**「既に発表したものであるが」河合隼雄『影の現象学』思索社、一九七六年。**4**「人間をよくだます〜」たとえば「石肥三年」、関敬吾編『一寸法師・さるかに合戦・浦島太郎』岩波書店、一九六五年など。**5**「フォンフランツは〜」Von Franz, M-L., An Introduction to the Psychology of Fairy Tales, Spring Publications, 1970. **6**「福田晃氏は〜」福田晃「妖怪とはなにか」、『伝統と現代』三十八号、民話、伝統と現代社、一九七六年。**7**「トーキンは〜」Tolkin, J.R., OnFairy Stories, George Allen &Unwin Ltd, 1964.（猪熊葉子訳『ファンタジーの世界 妖精物語について』福音館書店、一九七三年。

アレンジメントについて

1「答は問処に在り」問いのなかには既に答えが含まれて

いる、の意。禅宗の言葉。

自然モデル

1［これはユングが〜］Jung C. G., Mysterium Coniunctionis, The Collected Works of C. G. Jung,vol. 14, Pantheon Books　**2**［日本語における〜］河合隼雄『宗教と科学の接点』岩波書店、一九八六年。**3**［福永光司によれば］福永光司「中国の自然観」『新岩波講座 哲学**5** 自然とコスモス』岩波書店、一九八五年。**4**［第三章に論じるが］『心理療法序説』では、第三章で心理療法の科学性について述べている。**5**［棟方志功］日本の板画家（一九〇三〜七五）。以下の発言は、柳宗悦「宗方の仕事」『棟方志功板業』大原美術館編、による。

香具師

1［香具師］祭礼などで露店を出して商売をしたり見世物などの興行をする人。**2**［鶴見俊輔］日本の哲学者、評論家（一九二二〜二〇一五）。

ユング研究所の思い出

1［曼荼羅］密教の経典に基づいて、方形や円形の区画に定められた方式で諸尊、諸仏を網羅して描いた図。**2**［デプレッション］意気消沈。

音のない音

1［しあわせ眼鏡］一九九三〜九七年にかけて同タイトルで新聞連載された六十編の、本編が最終回にあたる。『河合隼雄の幸福論』（ＰＨＰ研究所、二〇一四年）として復刊。

河合隼雄

かわい・はやお（一九二八〜二〇〇七）
臨床心理学者

生まれ

昭和三年六月二十三日、兵庫県多紀郡篠山町（現在の丹波篠山市）に、男七人兄弟の五男に生まれる。長男は外科医、次男は内科医、三男は霊長類学者、四男は歯科医、六男は脳神経学者。

泣き虫ハァちゃん

しもやけがかゆいと言っては泣き、好きな幼稚園の先生がやめるといって泣き、童謡「どんぐりころころ」のお池にはまったどんぐりが心配になって泣き……子どもの頃の隼雄は、感受性豊かな泣き虫ハァちゃんであった。「男の子でも悲しいときは泣いてもええんよ」という母の言葉は隼雄の救いになった。弟が二歳で夭折した折、泣き暮らす母の隣りで一緒に涙を流していたのも隼雄だった。

「河合塾」を開く

京都大学数学科に入学し、京大オーケストラに入る。フルートを購入するお金を稼ぐために、自宅で数学を教える「河合塾」を開講。篠山鳳鳴高校の生徒五人が京大に合格という快挙も達成。この体験を経て高校教師になる決意を固めた。

留学体験

高校教師のかたわら京大の大学院で心理学を学ぶ。インクのしみから人間の性格を読み解くロールシャッハ・テストに関心を寄せ、研究と実践を続ける。アメリカのロールシャッハの権威、ブルーノ・クロッパーの雑誌掲載論文を読んで疑問を感じて手紙を出したことで繋がりができ、アメリカ留学を経て、日本人で初めてユング研究所で分析家の資格を取得するという道へ導かれていく。帰国後は、日本文化に根ざした心理療法を模索した。

出家への思い

一九九七年六十九歳のとき、友人である詩人の谷川俊太郎と編集者の山田薫に、「出家してチベット仏教の修行に入るか悩んでいる」と相談したという。谷川は「自分にひそむ悪をもっと突き詰めたい気もちがあったような気がするんです」と述べている。

「わかりまへんな」

何ごとも決めつけないのが河合流。「わかりまへんな」が口癖だった。臨床家として様々な人と対話するなかで、まずは相手を決めつけずに受け容れ、自発性を促す態度を貫いた。

もっと河合隼雄を知りたい人のためのブックガイド

〈心理療法〉コレクション全六冊、河合俊雄編、岩波現代文庫、二〇〇九～一〇年

『ユング心理学入門』『カウンセリングの実際』『生と死の接点』『心理療法序説』『ユング心理学と仏教』『心理療法入門』の六冊。心理療法の第一人者である著者が、イメージ、身体性、イニシエーション、物語、因果律、人間関係、個性との関わりなどについて、事例とともにわかりやすく解説。心理療法家を目指す人のみならず、河合隼雄の仕事や心の問題に関心のある人におすすめのシリーズ。

〈物語と日本人の心〉コレクション全六冊、河合俊雄編、岩波現代文庫、二〇一六～一七年

『源氏物語と日本人 紫マンダラ』『物語を生きる』『神話と日本人の心』『神話の心理学』『昔話と現代』『昔話と日本人の心』の六冊。『古事記』『日本書紀』などの神話、『源氏物語』『竹取物語』『宇津保物語』『落窪物語』などの王朝物語、「浦島太郎」「鶴女房」などの昔話といった、日本の近代以前の物語を読み解くことで、日本人独特の心性の深層を探る。心理療法における「物語」の存在を重視し、様々な物語のパターンを分析することで、現代を生きる人へ、心の課題や生きるヒントを提示している。

『村上春樹、河合隼雄に会いにいく』河合隼雄・村上春樹、新潮文庫、一九九八年（原本は一九九六年、岩波書店刊）

阪神淡路大震災、オウム真理教地下鉄サリン事件と大きな出来事が起こった一九九五年に行なわれた対談。『ねじまき鳥クロニクル』を書き終えたばかりの村上が文学者として物語を紡ぐ姿勢を語り、対談の名手、河合が深く受けとめる。物語と無意識をキーワードに、からだとこころの問題が多面的に語られる。

本書は以下の本を底本としました。
「ただ座っていること」「心理学公害」「香具師」…『おはなし　おはなし』朝日文庫、一九九七年
「遠くを眺める」…『対話する人間』潮出版社、一九九二年
「人生の味」「我を忘れる」「心と体」「離婚の理由」「音のない音」…『河合隼雄の幸福論』ＰＨＰ研究所、二〇一四年
「型を破る」「はてな、はてな」「「心」の科学」…『対話する家族』潮出版社、一九九七年
「人の心などわかるはずがない」「１００％正しい忠告はまず役に立たない」「心の新鉱脈を掘り当てよう」「灯を消す方がよく見えることがある」…『こころの処方箋』新潮文庫、一九九八年
「日本神話にみる意思決定」…『河合隼雄著作集第Ⅱ期６巻』岩波書店、二〇〇四年
「子どもの「時間」体験」…『河合隼雄著作集７巻』岩波書店、一九九五年
「子どもは物語が好き」…『河合隼雄著作集第Ⅱ期４巻』岩波書店、二〇〇二年
「昔話の残酷性について」…『河合隼雄著作集５巻』岩波書店、一九九四年
「物語とたましい」…『河合隼雄著作集第Ⅱ期７巻』岩波書店、二〇〇三年
「民話と幻想」…『中空構造日本の深層』中公文庫、一九九九年
「影の世界」「アレンジメントについて」…『新しい教育と文化の探求　カウンセラーの提言』創元社、一九七八年
「自然モデル」…『河合隼雄著作集３巻』岩波書店、一九九四年
「ＩＴとｉｔ」「私の養生術」…『より道　わき道　散歩道』創元こころ文庫、二〇一五年
「ユング研究所の思い出」…『河合隼雄著作集12巻』岩波書店、一九九五年
表記は新字新かなづかいとし、読みにくいと思われる漢字にふりがなをつけています。また、今日では不適切と思われる表現については、作品発表時の時代背景と作品価値などを考慮して原文どおりとしました。
なお、文末に記した執筆年齢は満年齢です。

STANDARD BOOKS

河合隼雄 物語とたましい

発行日——2021年5月25日 初版第1刷
2021年9月10日 初版第3刷

著者——河合隼雄
発行者——下中美都
発行所——株式会社平凡社
東京都千代田区神田神保町3-29 〒101-0051
電話(03)3230-6580[編集]
(03)3230-6573[営業]
振替 00180-0-29639
印刷・製本——シナノ書籍印刷株式会社
編集——大西香織
装幀——重実生哉

ISBN978-4-582-53179-4
NDC分類番号914.6 B6変型判(17.6cm) 総ページ224
平凡社ホームページ https://www.heibonsha.co.jp/

STANDARD BOOKS　刊行に際して

STANDARD BOOKSは、百科事典の平凡社が提案する新しい随筆シリーズです。科学と文学、双方を横断する知性を持つ科学者・作家の珠玉の作品を集め、一作家を一冊で紹介します。

今の世の中に足りないもの、それは現代に渦巻く膨大な情報のただなかにあっても、確固とした基準となる上質な知ではないでしょうか。自分の頭で考えるための指標、すなわち「知のスタンダード」となる文章を提案する。そんな意味を込めて、このシリーズを「STANDARD BOOKS」と名づけました。

寺田寅彦に始まるSTANDARD BOOKSの特長は、「科学的視点」があることです。自然科学者が書いた随筆を読むと、頭が涼しくなります。科学と文学、科学と芸術を行き来しておもしろがる感性が、そこにあります。

現代は知識や技術のタコツボ化が進み、ひとびとは同じ嗜好の人としか話をしなくなっています。いわば、「言葉の通じる人」としか話せなくなっているのです。しかし、そのような硬直化した世界からは、新しいしなやかな知は生まれえません。

境界を越えてどこでも行き来するには、自由でやわらかい、風とおしのよい心と「教養」が必要です。その基盤となるもの、それが「知のスタンダード」です。手探りで進むよりも、地図を手にしたり、導き手がいたりすることで、私たちは確信をもって一歩を踏み出すことができます。規範や基準がない「なんでもあり」の世界は、一見自由なようでいて、じつはとても不自由なのです。

このSTANDARD BOOKSが、現代の想像力に風穴をあけ、自分の頭で考える力を取り戻す一助となればと願っています。

末永くご愛顧いただければ幸いです。

2015年12月

ロゴマークデザイン：重実生哉